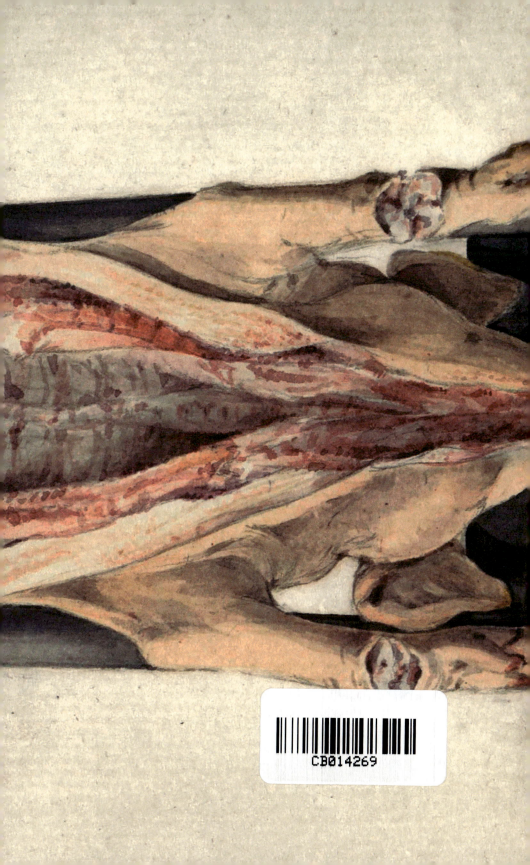

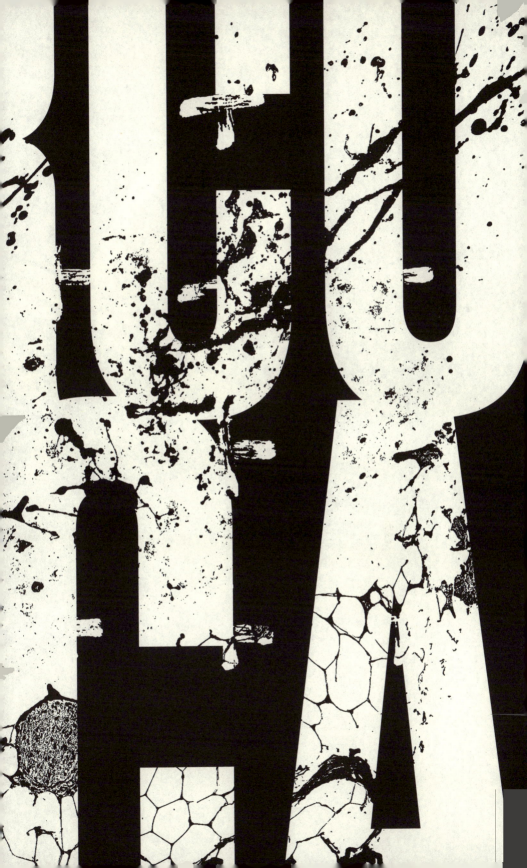

PORCO DE RAÇA
Copyright © 2021 por Bruno Ribeiro
Todos os direitos reservados.

Ilustrações © 2021 por Wagner Willian

Diretor Editorial
Christiano Menezes

Diretor Comercial
Chico de Assis

Gerente Comercial
Giselle Leitão

Gerente de Marketing Digital
Mike Ribera

Gerentes Editoriais
Bruno Dorigatti
Marcia Heloisa

Editora
Raquel Moritz

Capa e Projeto Gráfico
Retina 78

Coord. de Arte
Arthur Moraes

Coord. de Diagramação
Sergio Chaves

Designer Assistente
Aline Martins

Finalização
Sandro Tagliamento

Revisão
Lorrane Fortunato
Retina Conteúdo

Impressão e acabamento
Coan Gráfica

DADOS INTERNACIONAIS DE CATALOGAÇÃO NA PUBLICAÇÃO (CIP)
Jéssica de Oliveira Molinari - CRB-8/9852

Ribeiro, Bruno
  Porco de raça / Bruno Ribeiro.
  — Rio de Janeiro : DarkSide Books, 2021.
  192 p.

  ISBN: 978-65-5598-134-6

  1. Ficção brasileira 2. Horror I. Título

21-3767   CDD B689.3

Índices para catálogo sistemático:
  1. Ficção brasileira

[2021]
Todos os direitos desta edição reservados à
DarkSide® Entretenimento LTDA.
Rua General Roca, 935/504 — Tijuca
20521-071 — Rio de Janeiro — RJ — Brasil
www.darksidebooks.com

Bruno Ribeiro

PORCO DE RAÇA

DARKSIDE

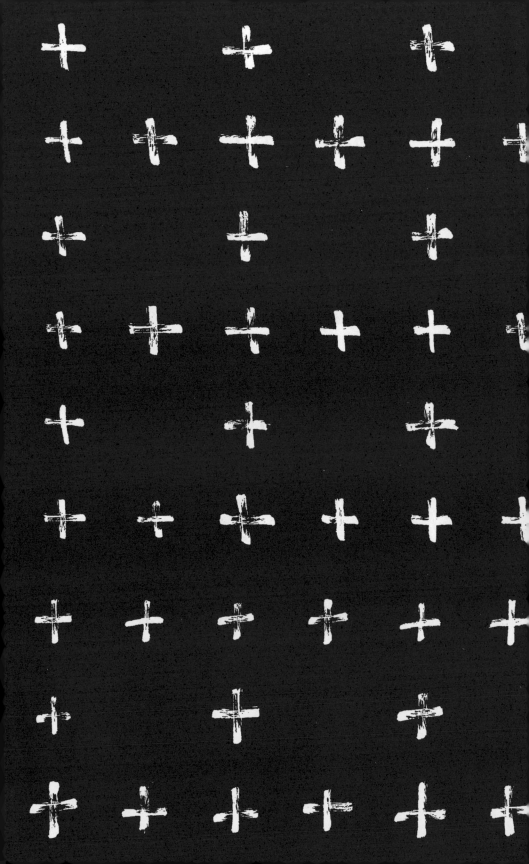

Para Dona Amélia

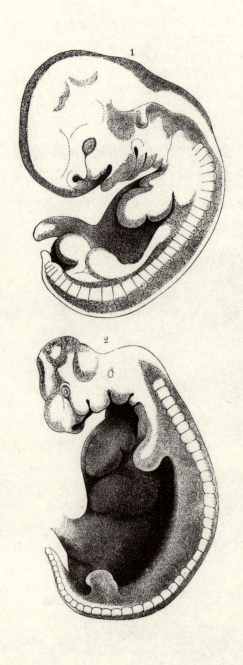

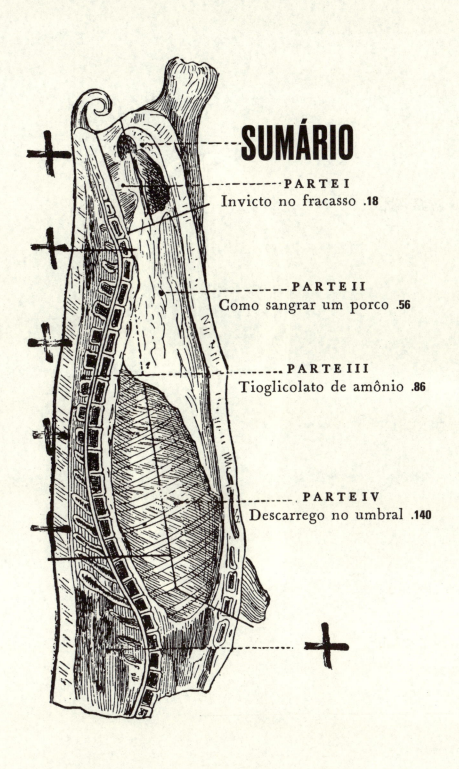

SUMÁRIO

PARTE I
Invicto no fracasso .18

PARTE II
Como sangrar um porco .56

PARTE III
Tioglicolato de amônio .86

PARTE IV
Descarrego no umbral .140

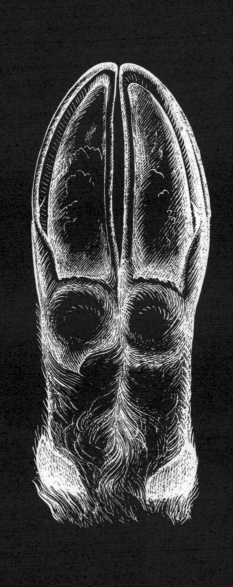

Porco lúgubre, lúbrico, trevoso
Do tábido pecado,
Fuçando colossal, formidoloso
Nos lodos do passado

— *Cruz e Souza*

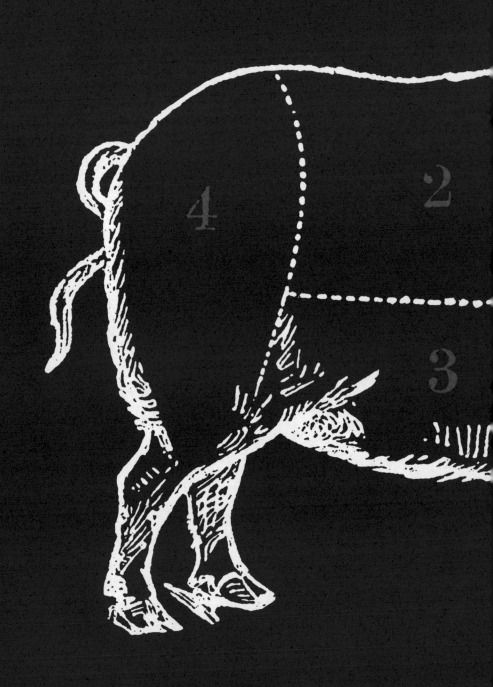

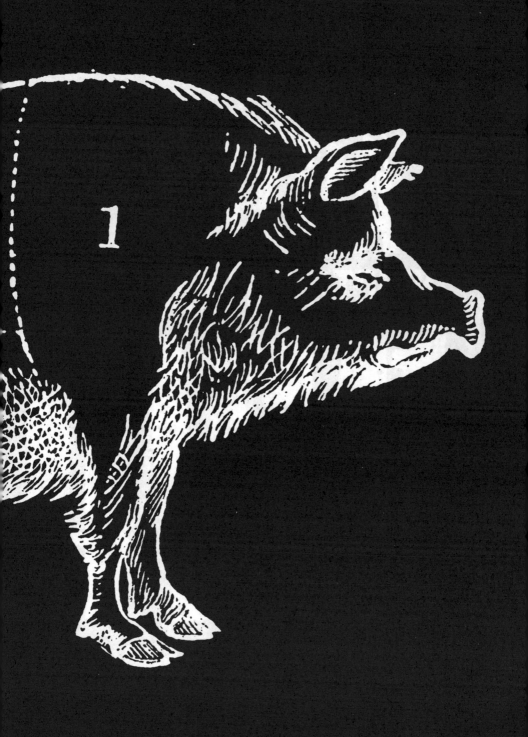
1

PARTE I
INVICTO NO FRACASSO

Early this morning
When you knocked upon my door
And I said "hello Satan
I believe it's time to go"
— *"Me and the Devil", Robert Johnson* —

Os fracos do mundo não costumam bater, mas aprendem desde cedo a apanhar. Por isso o murro da puta no meio da minha cara não doeu, tornou-se mais um entre os milhares de socos que levei na vida. Socos que deslocam maxilares e quebram dentes, detonam lábios, fraturam crânios, causam dano cerebral, rompem artérias, afundam o nariz e arregaçam sobrancelhas; há socos bem dados que transformam orelhas em ostras e socos com efeito retardado, como esse que recebi dela, que destroçam o inconsciente. É isso. O soco da puta causou em mim uma mistura de despertar com adormecer. Um pulo de ponta no pântano da memória: estou dormindo ou morto?

Alguém toca a campainha. Estou na cama e não entendo quem tocaria a campainha a essa hora da manhã. É manhã? Tudo gira. Acho que é. É. Na verdade, eu sei o que está acontecendo. É a puta querendo a grana da madrugada. Antes de me socar, ela não estava curtindo os amassos no meio da rua? Estava, até saber que não haveria pagamento. Daí nos tornamos dois corpos aprisionados em um beco estreito. Gritos de "se não pagar, não rola mais", e eu rasgando o que sobrou da noite, olhos vermelhos de álcool e gasolina, som das sirenes, assovio de vultos. Tudo queima e gira: ressaca. A coisa é séria, começa a bater na porta com violência. Talvez se eu voltar a dormir, ela desiste. Fecho os olhos e sinto o supercílio inchado, a minha barba com cheiro de sangue. "Isso, vou fechar os olhos e tudo vai se resolver." Não resolve. Desperto novamente com um grito estridente: "Abre a porta, tô com o Jorjão aqui. Abre aí, negão escroto, quero vê se tu é macho agora". Alguém bate na porta. Vou regulando a vista e começo a achar que não vão desistir. Levanto da cama, começo a caminhar como se estivesse pisando em pregos. O cabelo crespo e cheio de nós duros, o corpo queimando de febre, a boca seca e com gosto de acetona lutam para se manter de pé. Enfio minha visão no olho mágico: do outro lado, uma mulher e um armário quatro portas. O cara está segurando o que parece ser uma barra de ferro.

"Cê ta aí, né? Abre essa porta vai, neném."

Ela chuta a porta e o rosto do sujeito fica mais embaralhado, comprometendo meu julgamento de quem é quem.

"Vem agora, cê né homem, negão? Abre isso aí e me paga", ela grita.

Vou recuando, cada passo que dou é uma bicuda que minha porta recebe. Deslizo de volta para a cama, coloco o lençol em minha cabeça e aguardo essa loucura atingir meu cérebro com seu cano de aço. Tiro o lençol, volto ao olho mágico. O tal Jorjão sumiu. A mulher está encostada na parede branca do apê. Até que o cidadão aparece correndo, seu joelho dobra e o chute vai com tudo na porta. A mulher gargalha. Vou lembrando detalhes da noite. Outra bicuda na porta. Eles sabem que estou parado observando seus esforços. Eles sabem que estou com medo. Meu suor ultrapassa o olho mágico. Volto a olhar, a mulher acende um cigarro. O cidadão da barra de ferro está rindo, vejo seus dentes estragados através da visão embaçada do olho mágico. Lembro que moro no primeiro andar.

"Já vai ficando de quatro, amigão", diz o cidadão.

A voz é de trovão. A situação é real. Coloco meu sobretudo preto, o tempo azul fecha e as nuvens no céu gritam chuva, e é isso que existe nessa cidade sem nome, mas que alguns chamam de Rio de Janeiro.

Pego a carteira de Marlboro. Volto a olhar para o olho mágico, outro chute. Dessa vez uma parte da porta se quebra e minha bunda sente o chão gélido. Observo a janela do meu apê. Primeiro andar. Acho que não dá para matar. Outro barulho na porta. Abro a janela, rezo um pai nosso e pulo. Lá vou eu, aleatório, girando como pombajira, expondo um sorriso caricato, daqueles que condiz com uma situação absurda dessa. Meu ombro sente o impacto do chão, minha cabeça bate, minha audição fica ecoando dor e televisão chiada por um tempo, até que escuto uma buzina. É um Eco Sport vermelho. Caí no estacionamento do prédio. No carro está uma jovem linda, é minha vizinha e mora no 104. Ela pede para eu sair do meio, pois está com pressa.

"Uma carona, por favor", tento ficar calmo na hora de pedir.

Escuto o barulho da porta de casa sendo arrombada.

"Você...", a motorista está de óculos escuros, regata e jaqueta jeans, piercing na orelha, toda descolada, Rio de Janeiro *fashion hits*, "... pulou?" Seu sotaque é forçado e abusado.

"Tô com pressa", respondo. Ela passa a mão na minha orelha: "Cê ta sangrando!".

"Carona, por favor. Eu pago."

"Entra aí. Calma."

Entro no Eco Sport, a vizinha acelera e ainda consigo escutar os berros guturais do cafetão do cano de aço.

. . .

Ao olhar para a parte de trás, vejo um pirralho babando. Ele parece não notar que estou ali. A vizinha dirige enquanto escuta uma música barulhenta.

"Sua barba tá meio... com sangue, cara."

Fico olhando para o nada, tateando alguma resposta, até que o pirralho começa a estapear minhas costas. Ele está com uniforme escolar, lancheira da Disney, cabelinho de cuia. A mãe aperta a bochecha dele, chama de lindinho da mamãe, o carro para no sinal vermelho. A música que rola no carro é péssima.

"Que som é esse?", pergunto.

"Alok. Conhece não?"

A mãe aproveita o sinal vermelho e começa a fazer cosquinhas nos sovacos do filho. Beija a testa dele, colam o rosto um no outro, até que o menino puxa minha barba e meu cabelo. A mãe ri e diz que gracinha, o menino diz que meu cabelo é de pixaim, igual ao do Tobias. Eu fico tenso, olhando para trás, imaginando a puta e o cafetão; a criança é banguela, parece um zumbi, seu sorriso deficiente fica na minha cabeça feito um tumor.

O sinal abre, a mãe demora dois segundos para avançar e uma saraivada de buzinas berram atrás de nós. Ela enfia a cabeça para fora do carro e grita: "Vão tomá no olho do cu". A criança tenta repetir o grito, mas é cortada pela mãe, que se volta para mim: "Cê vai pra onde mesmo, querido?", me pergunta, acendendo um cigarro com cheiro de canela.

"Perto do Shopping Leblon, lá na Afrânio de Melo Franco."

"Sei onde é", ela me encara de cima pra baixo. "Leblon é um bairro nojento. Trabalhei lá uma época. Só playboyzada, cara."

"Também acho."

"Cê né daqui do Rio não, né?"

"Paraíba."

"Paraíbão, pô, curto demais. Veio pra trabalhar em construção?"

"Mais ou menos", aponto para minha cabeça ensanguentada.

"Já te vi no prédio, tu curte uns rap, né? Acho foda, cara. Curte o Rio ou vai voltar?"

"Devo voltar nesses dias. Andei construindo o que não devia."

"É um trampo suado, né, cara? Deve ser uma loucura. Um dia te vi com camisa do Sabotage. É isso. Respeito é pra quem tem! Dou maior moral pro empenho de vocês, negão, tipo, cês não tem medo de trabalhar, isso é demais. Ô racinha boa de trabalho, dô maior moral mesmo. Sério."

Ela fica batendo cabeça ao ritmo bestial da música. O mundo exterior não existe para a vizinha do 104. Vejo que meu celular está no sobretudo. Mando uma mensagem para o meu irmão. O Eco Sport faz uma curva perigosa, fico assustado. O pirralho dá uma tapa na minha cabeça, fazendo com que a ferida explodisse dentro dos meus neurônios.

"Ô, filho", a mãe olha para trás, deixando o volante sozinho, "isso é feio, ouviu?"

"Pode me deixar aqui", o sinal fica vermelho, precisaria andar umas cinco quadras para chegar, mas não aguentava mais o cheiro de canela com bosta de pivete. "Valeu pela carona!"

"Cara, seu rosto aqui", ela aponta para o lado direito do rosto branco dela, "tá muito vermelho."

"Tem alguém atrás da gente, digo, um homem grande e uma mulher com roupa preta de couro?"

"Hã?"

"Tem?"

Ela olha para trás e diz que não.

"Valeu, obrigado!"

Saio do carro, ajeitando meu sobretudo e tropeçando entre os transeuntes cariocas.

...

O vigia que fica diante do portão de ferro gigantesco me encara, ele é novato. Olho ao redor e sei que estou no Leblon. O shopping por perto, o perfume do momento, as mulheres e homens do momento, tudo é momento. O vigia segue parado, sem tirar os olhos dos meus trajes e rosto lascado. Ele pergunta meu nome e observa os meus sapatos. Liga para o residencial 12 e diz que um homem está afirmando ser irmão do dono da casa. A voz remixada e alterada no interfone diz que é o irmão dele mesmo, e que é para deixar passar. O segurança faz uma cara de nojo. O portão de ferro abre devagar. Antes de entrar, faço uma observação importante ao segurança: "Ei, se um cara fortão e uma moça com jeito de puta vierem me procurar, diga que não tô". Ele fica sem entender e responde: "Hum, aqui", aponta para o lado esquerdo da própria face depilada, "tá sangrando".

A casa é uma espécie de quadrado gigante de vidro. É cercada por árvores, flores e vegetações falsas. Uma espécie de Amazônia no meio do Leblon carioca. Uma estrutura de aço sustenta as quatro faces do quadrado, formadas de blindex com peças fixas, portas e janelas. Em todo o quadrado, existem cortinas brancas e vermelhas. Através da construção de vidro é possível ver a praia. Quando entro pela maior porta da casa, o empregado faz uma cara feia, imaginando que eu deveria ter entrado pelas portas de serviço — as portas dos funcionários ou do pessoal que vem pegar cestas básicas.

Subo por uma escada em caracol e alcanço uma sala de estar circular com piso de granito e parede inclinada de vidro. Atravesso o cômodo e avanço por outra escada que dá no segundo andar. Vou vencendo os degraus, até sair numa praça com plantas cobrindo o piso, estátuas de anjos e uma mesa quadrada no meio de dois anjos mijões. Lá está meu irmão, tomando seu café da manhã enquanto escuta Vivaldi. Ele me acena com a cabeça raspada, olhos esbugalhados, pele mais negra que a minha e um rosto danificado por tarja preta. Os servos preparam meu lugar de frente para ele. Vou caminhando lentamente até o destino final. Meu irmãozinho levanta o dedo, um dos servos se aproxima, ele fuxica alguma coisa e o cara segue correndo até uma portinha de vidro. Faço uma cara de nada. O servo volta com um galão de água e começa a esfregar minha ferida com um pano úmido.

Dou um grito de dor e meu irmão recrimina o ato com a cabeça, dizendo: "Sempre frouxo". Ele cruza os talheres sobre o prato com torrada.

Respondo na lata: "Um negão desses escutando música clássica e eu que sou o frouxo?". Nós dois começamos a rir. Ele para abruptamente e começa a olhar o relógio. Imagino que o chofer já o esteja aguardando para levá-lo ao trabalho.

"Cê vai ficar muito tempo aqui ainda?", pergunto. Ele mastiga um pedaço da torrada e diz que volta para Brasília daqui a alguns dias. Um dos servos da casa traz um cheque em branco e uma caneta dourada — meu irmão preenche o cheque sem olhar para mim. Uma expressão irônica de dinheiro-não-me-falta fica estampada na cara dele.

"Como anda a política por lá?", pergunto sem interesse.

"Mesma merda. Melhorou um pouco depois que ele entrou. E melhorou ainda mais depois que entrei no partido dele. Mas agora ele saiu do partido e, enfim, no final das contas, a mesma merda. Sabe como é, né? Uma bagunça."

"Já te disse, brother, o Brasil acabou em 2012. O que escutamos hoje é só a caixa-preta do país reproduzindo os áudios dos mortos. É um circulo vicioso. Tu não se cansa desse troca-troca de partidos? É como pular de uma sepultura pra outra. Tamo fodido lá e cá."

"Ai, ai, ai. Lá vem você de novo com esse papinho de professor desempregado."

"Tô mentindo?"

"Quem seriam esses mortos?"

"Ainda é preciso dizer? O Brasil foi fundado sobre um cemitério indígena. Todo dia é alguém que some, mano."

"É por isso que você não ganha dinheiro. Para de viajar na maionese e bota essa cabeça pra pensar algo que preste. Se sumiu, é porque tinha que sumir."

"Qualquer dia desses, eu que vou sumir."

"Basta andar na linha que não some. E aquele concurso pra professor, tá estudando? A grana é boa. Você sempre foi um nerd no colégio, no seu emprego e agora..."

"Falando nisso, ouvi dizer que vocês aumentaram seus salários."

"Precisamos pagar o aluguel dos nossos filhos, né, irmãozinho."

Ele fica me encarando. Meu irmão não tem filhos. Não tem mulher. Nós começamos a rir. Este é meu irmão, um nobre filho da puta, um senador paraibano que conseguiu chegar lá. O famoso orgulho da família. Aquele que não quis trabalhar na docência como o irmão falido. Aquele que brilha nos casarões em Brasília, Rio de Janeiro, João Pessoa e São Paulo. Ele é aquele, sim, aquele com o pau maior do mundo, rodeado pelos pentelhos da riqueza. Meu maninho com sapatos Sérgio K e ternos Armani. Nós continuamos nos encarando, ele pede para eu comer. Fica olhando minha ferida e faz um cara de desprezo.

Tanto faz.

● ● ●

É um nariz grosso e grande. Boca juvenil, queixo fino, olhos grandes e pretos, barba bem feitinha, ao contrário da minha. Quatro linhas profundas e finas na testa, horizontais, perfeitas a meu ver. Dentes brilhantes, um verdadeiro "negro sabonete", como diria minha avó sobre os negros bem sucedidos e com aparência de limpo. Não é gordo, mas não é magro. Vejo meu irmão em mim, dada às diferenças de saúde, relutando os pequenos buracos de calvície e as olheiras insistentes das noites não dormidas. Sou um sabonete decadente: um desses negros que somem diariamente nos noticiários, enquanto o repórter diz que o Brasil está exterminando a bandidagem com punhos de ferro. Todos já viram um negro assim, mas fingem não ver; só mais um no meio do limbo. Mais um que some, que é enterrado num descampado, mastigado pelas circunstâncias.

Se sumiu, é porque merece, dizem. Meu irmão diz.

"E essa cara? Mainha sempre perguntava por que você fazia essa cara", ele questiona e fica mastigando alguma coisa escura. Eu pego um pouco de presunto e queijo e jogo no pão francês. Um servo coloca suco de morango no meu copo, eu agradeço, ele faz um cumprimento exagerado e se retira. Fico observando os anjos de ouro mijando ao nosso redor. Meu irmão limpa a boca com o guardanapo pendurado no pescoço, chama os servos e faz um sinal, em seguida ordena: "Vão pro andar de cima, mais tarde chamo vocês pra recolher. Vão, vão". Os quatro servos, brancos e loiros, saem correndo pela escada em espiral, rumo ao terceiro andar da construção quadricular.

Ficamos nos encarando amigavelmente. Nossa aparência similar causa uma vertigem em ambos. Rimos, sem entender o motivo da gargalhada.

"Você vai fugir", ele diz e se levanta com certa dificuldade. Seus joelhos andam ferrados e o dinheiro causa fadiga: manter uma riqueza é trabalho árduo. Ele tira o guardanapo do pescoço e caminha em direção da cozinha. "Dessa vez, seu problema é sério. Não é?"

Mastigo em silêncio. Ouço o barulho da geladeira se abrindo e, depois de alguns segundos de mastigação e passos lentos, ele retorna com duas cervejas long neck.

"Você pegando coisas da geladeira? Que milagre é esse?"

"Quando você vem pra cá, fico com vontade de ser pobre. Porra louca, você lembra?"

"Bons tempos... Cê não era um escrotinho ladrão de terno naquela época. Nunca imaginei que você fosse se vender tão barato."

"Não foi barato. E você não era um vagabundo."

"Vai virar o negão de estimação dos ricos? Como os nossos pais?"

"Quando você parar de se vitimizar talvez você se torne algo que preste também."

"Prefiro a desgraça."

Ele gira a tampinha das cervejas, o gás escapa dos gargalos e quebra o clima hostil da mesa.

"À despedida", ele diz.

"À família e aos bons costumes", digo.

Brindamos à vida.

"Lembra de quando painho levava a gente pra Areia Vermelha?", ele pergunta, tomando um gole generoso.

"Eu gostava da praia do Golfinho."

"Tenho saudade daquela época. Tudo era fácil. Painho ainda vivia e mainha...", ele para de falar e abaixa a cabeça.

"Nem fale de mãe, mano. Não quero ver essa velha preta nem pintada de ouro."

Meu irmão pensa antes de responder. Parece querer ganhar tempo. Falar de família sempre foi assunto delicado. Ele vai caçando alguma palavra na cabeça, cavando a memória, buscando soluções, como sempre fez, mas acaba dizendo: "É foda, sei que o último encontro de vocês não foi massa, mas nunca foi fácil pra ela nem pra painho".

"E você sabe o porquê de não ter sido fácil?", prossigo.

"Lá vem você..."

"Você nega a sua história, mano. Como você consegue? Sempre que venho aqui, fico impressionado. Todos os seus empregados são branquinhos. Já percebeu isso? É uma vingança por causa daquele branquelão do colégio que zoava seus beiços? Ele te enrabava à força também, né? Puta que pariu... Lembra que quando os meninos te chamavam de negão você dizia que era mulato?"

"Essa história é sua, irmão, você tá confundindo. Você que era zoado no colégio. Você que ficava dizendo que era mulato. A porrada aí na cabeça te deixou com amnésia?"

"Tu se tornou uma dessas pessoas que apagam o próprio passado. Que cômodo, bicho."

"Tu que se tornou uma dessas pessoas que apagam o próprio passado. Tu."

Fico calado.

Meu irmão continua: "Eu me tornei algo que preste. Painho também. Até mainha. E você? Não se tornou só porque é preto? Tadinho...".

"Eu me recusei a ser um bichinho de estimação. Só isso. Também me recusei a ficar pagando de negão exemplar na frente dos amigos branquelos e escrotos de pai, ao contrário de você que provavelmente chupou o pau de todos dali."

"Você veio aqui só pra defender as raízes africanas da família? Se foi, valeu, irmãozinho, pode ir embora e leva sua ancestralidade contigo. Tchau."

Eu tiro uma faca do meu sobretudo, do nada, no meio da conversa. Ele fica assustado, pensa em pegar o sininho da mesa e começar a tocar, sei que ele pensa nisso. A faca está enferrujada e suja de sangue. Encharcada. Deixo o objeto afiado em cima da mesa, ao lado da jarra de suco de morango. Eu bebo um gole da cerveja, e analiso a faca e seu rosto em choque. Uma gota de suor escorre pela minha têmpora, até que meu corpo fica ensopado.

"O que cê fez?"

"Não lembro. Mas provavelmente não andei na linha."

"Deixa de brincadeira."

"Eu juro que não lembro. Foi uma noite difícil. Tenho que dar o fora, irmão. E acho que pra sempre."

Ele fica pensando no que acabou de ouvir. Minha respiração está descompassada, uma espécie de cansaço cai sobre meus ombros.

"Posso te contar uma história?", ele diz, os olhos fixos na faca.

Eu respondo que não tenho tempo.

Uma memória antiga me atinge. Uma cena sem sentido, sem merecimento de registro. Eu e meu irmão correndo pela nossa antiga casa em João Pessoa. Tínhamos dez anos. Nós derrubamos um abajur, nosso pai ficou nos encarando, dizendo que não podíamos ficar correndo pela casa. Levamos algumas palmadas e, depois de alguns segundos, estávamos rindo e brincando de novo. Pai estava nos olhando, alisando o bigodão escuro e tomando um gole de cachaça, enquanto mãe o abraçava por trás. Os olhinhos dos nossos criadores brilhavam. Pela primeira e última vez em vida, eu vi os olhos deles brilharem por alguma coisa.

"Entendo", ele responde.

"Desculpa", pego a faca e guardo no sobretudo.

"Dá o fora daqui", ele pega a long neck e joga em direção ao anjo, a garrafa se estilhaça em vários pedaços de vidro verde, espalhando cacos pelo chão. Um dos servos aparece, nervoso, limpando o espaço com um rodo prateado. Meu irmão se levanta, fica do meu lado, eu o encaro por um tempo e seu punho atinge meu olho esquerdo, fazendo com que eu voe da cadeira.

"Cansei. Dá o fora antes que eu chame a polícia."

Limpo a boca e começo a falar: "A nova era não é perfeita pra todos, visse. Foi mal, mas você já desceu ali nas ruas pra sacar o que tá acontecendo? Já tentou ver a merda que tá rolando?".

"Já deu."

Sinto o gostinho de ferro em meus dentes. Não é a primeira vez que ele diz não volte mais aqui. Na verdade, todo encontro nosso acaba dessa maneira. O copeiro pergunta: "Terminou?". Digo que sim. Ele e mais quatro servos retiram os pratos da mesa, enquanto tento me levantar. O copeiro amassa o guardanapo que deixei na mesa e joga no lixo, ele está usando luvas de plástico.

"Irmão..."

Ele amassa o cheque e enfia no meu bolso.

"Eu só queria dizer que painho e mainha, apesar de tudo, sempre nos amaram. Eu só queria dizer que tô noivo e vou ser pai. Eu só queria dizer que gostaria que você fosse padrinho do meu casamento."

Pergunto se ele vai se casar com uma puta.

O copeiro passa uma espátula na toalha vermelha da mesa, recolhendo as migalhas de pão e biscoito, enquanto eu tento buscar alguma palavra.

Eu o abraço.

"Desculpa pelo murro... Chega de abraço."

Não solto dele.

"Você é um fodido", ele sussurra no meu ouvido.

"Você também."

"Seu merda."

"Sentirei saudades."

"Seu preto falido."

"Seu preto vendido."

"Se cuida e toma seus remédios."

"Qual vai ser o nome da pirralha?"

"Pirralho."

"Me desculpa por tudo. Areia Vermelha, bons tempos."

"É... Vai, dá o fora. Rápido."

Ele me abraça forte.

• • •

Assim que boto a cara para fora da mansão, vejo o Eco Sport vermelho estacionado na minha frente. De dentro do carro, sai a vizinha desfilando com seu shortinho desfiado, jogando o cabelo ruivo pra lá e pra cá, escondendo os olhos sob o negrume dos óculos.

"Tu esqueceu o celular."

"Você me seguiu?"

"Sou bondosa, uma voz interior disse pra te seguir, esperar e entregar o celular. Cê vai pra onde agora?"

"Banco. Depois, rodoviária."

"Quer carona?"

Ela me entrega o celular. Eu agradeço.

Aceitar carona de estranhos nunca é válido, mas ela não é estranha, é a vizinha do 104. Ela meteu o pé no acelerador e chegamos ao banco rapidinho.

"Já volto. Tenho que trocar uns cheques."

Ela está com medo. Quando tira os óculos escuros, vejo toda a fragilidade e desesperança nos olhos castanhos dela. Ela treme. Obviamente, não queria estar ali comigo.

"Pode ir embora, vizinha."

"Nada, relaxa. Tô sem nada pra fazer."

Quase abraço a garota e digo que tudo vai ficar bem.

Geralmente não fica.

"E seu filho?"

"Tá na casa de um amiguinho. Férias... sabe como é."

Vou ao banco, esperando que, quando voltasse, ela já tivesse dado o fora. Mas não deu.

O carro nem saiu do lugar.

...

Ouço um estrondo. Dois. Três. Imediatamente a imagem do Jorjão vem, aquele homem distorcido pelo olho mágico, acompanhado da puta histriônica, os dois na minha frente. Abro os olhos lentamente: um neguinho caolho está do lado de fora do vidro do carro com a mão direita aberta, pedindo alguns trocados. Ao meu lado, a vizinha do 104 está rindo e, atrás de mim, o pirralho com cabelo de cuia dá petelecos na minha orelha machucada.

"Enzo Gabriel, para com isso", a mãe implora.

O neguinho continua com a mão estendida. Encaro o rombo preto que reside no lugar do olho esquerdo dele, entro naquele buraco e vejo meu passado, presente e futuro. Abaixo a janela e entrego cinco reais na mão dele, ele agradece.

"Então, ainda deu tempo de pegar o Enzo enquanto você dormia", a vizinha berra no meu ouvido, aparentemente brava por eu ter dado dinheiro para o moleque.

O pirralho pula sem parar no banco traseiro, berrando, babando, som e fúria infantil. Não consigo deixar de pensar no tipo de ser humano que esse rapazinho vai ser no futuro.

"Onde estamos?"

"Na frente da rodoviária, são seis e meia da noite. Cê vai pegar um ônibus pra onde?"

"Nordeste... Paraíba, qualquer lugar próximo de João Pessoa."

"Onde você nasceu?"

"É... Provavelmente."

"Alguém te esperando?"

"Minha ex-mulher. Eu acho."

"Agora dá pra voltar pra terrinha, né?"

"Como assim?"

"Dizem que agora tá rolando empregos lá no nordeste. Os EUA meteram umas vinte empresas de carros por lá, tá ligado? Saiu no jornal da noite. Geral sendo empregado. Só não trabalha quem não quer, foi o que disseram."

"Sou professor."

Ela fica em silêncio. A informação não conseguiu ser processada adequadamente na cabeça da vizinha do 104.

"Compra a passagem e depois volta", ela insiste.

Tava tonto e terminei descolando uma passagem de ida para João Pessoa. Dois dias de viagem. Seria cansativo. O busão sai a uma da madrugada, ou seja, passaria praticamente a noite inteira com a vizinha estranha do 104. Vou ao banheiro da rodoviária, pensando em fugir dali. Provavelmente ela deve ser amiga da puta e do cafetão. É claro. Uma menina gostosa dessas não me daria tanta moral. Eles estão planejando uma emboscada. De repente, alguém entra no banheiro. Começo a suar. É só um gordão fedorento que se enfia em uma das cabines cheias de rabiscos, pichações e telefones. O doido solta um barrão sinistro. Jogo água no rosto, organizo as ideias e decido que vou fugir; mesmo ela sendo tão gostosa, o melhor é dar o fora. Abro a porta, caminho pela rodoviária até o estacionamento, e tenho a surpresa de não encontrar o Eco Sport vermelho. Fico um tempo, vasculhando com os olhos em volta, então uma mão rela no meu ombro. É o gordão do banheiro, que diz que eu esqueci meu celular.

"Ué, o celular tá aqui comigo."

"É esse?"

A voz do cara é grotesca, combina com a bosta que ele soltou no banheiro. Pego o celular, dou uma averiguada rápida. É o meu mesmo. O gordão dá um sorriso estranho, sua cabeça tem o formato de ovo e os dentes são levemente tortos e pontiagudos. Ele aperta meu ombro, e a voz dele pede para eu tomar cuidado. Imediatamente começo a olhar de novo ao meu redor; claro, eles vão me pegar. A vizinha deu o fora, agora esse gordão. Decido fugir dali, acelero o passo até me dar conta de que estou correndo.

• • •

Uma chuva torrencial começa a cair no Rio de Janeiro. Não sei o nome desse bairro, mas ainda estou nos arredores da rodoviária. Joguei meu celular fora: o gordão ou a vizinha do 104 poderiam me rastrear de alguma forma, vá saber. Estou encolhido em um matagal, próximo de uma BR e um posto de gasolina. Vejo se não há ninguém pelas redondezas e vou até o posto. Chego à loja de conveniência e peço uma coxinha com Coca-Cola.

"Nervoso, amigo?", o atendente pergunta.

"Um pouco. Posso fazer uma pergunta? Ótimo. Saca só, você viu um gordão estranho, com cabeça de ovo e dente estragado ou uma gostosona ruiva, de óculos escuros, se bem que agora é noite, enfim, ela é gostosa mesmo, alta, perfil de patricinha, ou, quem sabe, um cara com perfil de cafetão com uma moça loirinha bem sujinha, tipo prostituta mesmo, saca? Enfim, viu algum desses por aqui?"

O rapaz faz uma cara de dúvida. Acho que ele não entendeu nada.

"Esquece", jogo o dinheiro no balcão, pergunto se tem um orelhão por perto e ele aponta para um próximo do posto. Agradeço e dou o fora.

Disco 0218399723455 no orelhão. Quarto toque, ninguém atende, desligo o telefone. Percebo que, no orelhão, há uma pichação enorme escrita "MC Cruz esteve aqui". Volto à loja e peço uma carteira de Marlboro. O atendente volta a dizer que estou nervoso. Diz que eu posso ter um infarto. Ele tem muitas espinhas no rosto, sotaque gaúcho, veste o uniforme da Shell e tem hálito de virgem. Agradeço e volto ao orelhão.

Disco 0218399723455 de novo.

Acendo um cigarro, trago nervoso e sem jeito. Aguardo. Até que, no décimo primeiro toque, ela atende. O tom de voz impetuoso do interior paraibano atinge meu coração na base da flechada.

"Quem é, hein?"

"Sou eu."

"Ah, você. Qual o problema dessa vez?", ouço o barulho da tragada.

"Voltou a fumar?"

"Tô trabalhando. Fala o que é."

"Wênia, sou eu. Fala direito."

"O que você quer? É dinheiro, né? Manda sua conta, vai logo."

"Pô, tá pensando que sou criança?"

"Penso?"

"Wênia, por favor. Te amo."

"Diga isso pras suas putas."

"Eu sei que você também me ama."

"O que você quer, rapaz?"

"Que sotaque lindo, meu Deus! Tô indo praí hoje."

Ela desliga.

Paro para prestar atenção no lugar em que me encontro: posto de gasolina iluminado, movimento grande de carros e motos, faltando algumas horas para o meu ônibus chegar. Neste exato momento, eles devem estar a minha procura. Torço para não me encontrarem, preciso fugir. Saio sem direção, apressado, e, no meio da corrida, vejo que estou me reaproximando das luzes da rodoviária, então tento voltar, entrar no matagal de novo, fugir pra longe e me cego com algumas lágrimas. Tropeço em um galho, minha faca cai do sobretudo, sendo engolida pela penumbra, deixo pra lá, deito, fico estirado, observando o céu, a noite que chegou, as estrelas. Permaneço assim por um tempo, para garantir, até que decido voltar para o posto e, no meio do caminho, caio de novo. Mas, dessa vez, não havia galhos, eu estava na BR, só tinha estrada. Então, uma mão me puxa, ela é forte, e me arremessa para o meio dos matos, minhas costas esquentam com o impacto e um punho pequeno é introduzido na minha fuça. Sinto um estrondo na testa. Apago. Neste negrume doído, não há estrelas, noite, Nordeste, Wênia, irmão, não há nada, nem esperança, nem dor: é um vazio constante que vai me seguindo até o arremate, escurecendo e apagando, em uma espécie de câmera lenta exausta.

• • •

Com os olhos fechados e um saco na cabeça, escuto o som dos passos me arrastando. São um, dois, três, quatro, cinco, seis passos, algumas lamúrias, vozes pedindo perdão. O cheiro é de madeira velha e mofo. A escuridão é tudo. Uma voz envelhecida diz que Deus irá nos abençoar agora. Ainda não escutei a voz grosseira do cafetão ou a estridente da prostituta, e fico sossegado. Soltaram meu corpo em um chão de madeira, reconheço pelo som seco. Exclamo de dor, os passos se distanciam, até que escuto o barulho de uma porta sendo fechada.

Após alguns segundos, tiram o saco da minha cabeça e as cordas que prendem meus punhos. Uma mulher com tranças, bonita, jovem e negra, com um rosto exausto, usando um shortinho rosa e regata branca da Hello Kitty está com o saco e cordas nas mãos. O quarto é escuro, a mulher está acocorada junto de uma criança, ambas diante de uma televisão. O pivete de uns 10 anos, com tranças esquisitas e mal feitas, que bem poderia ser meu filho, está jogando videogame com a mulher. Nem reconheço o aparelho, deixei de me atualizar depois do Playstation. Ele finge que não me vê.

Tiro meu sobretudo, camisa branca, fico com minha jeans preta rasgada e deito no colchão mofado e sem lençol.

"Que lugar é esse?", pergunto e a única resposta vem do joguinho que eles estão jogando. A mulher começa a bocejar e se levanta. Ela beija o menino no rosto e segue até um colchonete. Antes de deitar, fica me encarando. O rosto dela é pueril.

Ela pergunta: "Cê vai salvar ela, né?".

"Salvar quem?"

"Minha irmã."

Eu fico sem entender. Ela deita e, em poucos segundos, já está roncando. O menino das tranças continua jogando o treco esquisito e sem lógica. Fico pensando na vizinha do 104, será que foi ela? Ela me abandonou na rodoviária, deve ter ido acionar os caras para me sequestrar. Será que eles vendem órgãos e traficam crianças? Ou será que foi aquele gordão esquisito? Nunca esqueci meu celular em lugar nenhum. Esses loucos me drogaram. Será que foi meu irmão? É, pode ter sido ele. Ou Wênia? É, ela nunca me amou, quer me prejudicar. Não sei.

O sono chega devagar. Viro o rosto, buscando fugir da iluminação cheia de radiação da televisão, e tento imaginar onde estou. Cogitar ideias, planejar vinganças, pensar no culpado por esse pandemônio em vida: eu sou odiado por muita gente, enfim, pode ser qualquer um. Abro os olhos e a mulher está plantada na minha frente, cobrindo a explosão de luz da televisão. Seus olhos são verdes, agora vejo. Um mar sem água. Morto. Seios grandes, cintura fina, pernas longas. Os lábios são grossos e, na sobrancelha esquerda, tem um piercing enferrujado. A luz epilética do videogame contorna o corpo dela e sombreia o meu. O hálito de madrugada. Aí vejo que ela é sonâmbula. "Como você vai salvar ela, padre?", ela pergunta e depois retorna para a cama.

Não consegui dormir.

Quando amanhece, ouço barulho de crianças.

Na janela do quarto que dá para o quintal dessa casa, vejo umas dez crianças brincando. Todas negras. Um velho estranho de barba branca, black power e macacão azul se aproxima da molecada. Ele está com um copo de uísque nas mãos. A criançada começa a pular em cima dele. Um dos pivetes arremessa uma pedrinha na testa do velho, que começa a reclamar. Um carro vem chegando, um Focus prata, e segue em direção a um estacionamento improvisado, feito de baldes, brinquedos, roupas e caixas. Quando o carro estaciona, o velho e a molecada param de brincar. Aproveito a poeira alta que o carro deixou, pulo a janela e começo a correr. Estou só com minha camisa branca e o jeans, esqueço do sobretudo que Wênia me deu. No meio da corrida, porém, uma pedrona acerta em cheio meu olho direito. Tombo de cara na terra dura e a molecada faz um círculo ao meu redor.

Uma voz austera ordena "chega". Da janela do quarto em que eu estava, a mulher e o pivete de tranças me encaram. A poeira desce, os rostos vão surgindo. As crianças parecem que não comem há alguns dias, assim como o velho que fede a cachaça e charuto. Ele me ajuda a levantar, meu joelho está acabado e sinto um líquido quente descer do meu olho. Toco na outra ferida, aquela que sofri na queda do meu apê, ela ainda está aberta. Ouço o barulho do carro sendo desligado. Do veículo, desce um homem alto e insólito. Usa um manto escuro e traz anéis em todos os dedos. Não é possível ver o rosto dele, pois está usando uma máscara preta com um nariz de tucano amarelo, brilhante e obscuro. No lugar dos lábios, uma risada costurada com linha vermelha. Nos olhos, furos toscos na máscara para que ele possa enxergar. Os olhos são verdes, moribundos.

Com uma voz grosseira, ele pergunta: "Padre?". Busquei uma resposta mentirosa, mas não havia, então fui sincero: "Não sou padre, acho que está rolando um engano aqui". Um dos meninos da porta, que também tem as mãos cheias de anéis, afirma que sou padre, sim, porque eu tava com um casacão daqueles de padre. "Aqui, ó", a mulher de trança grita, mostrando meu sobretudo surrado. "Ó, aqui a roupa de padre dele."

O homem mascarado enfia a mão em seu manto escuro e puxa uma cruz dourada.

"Nós somos um culto a Deus, senhor. Um pequeno esconderijo onde ser cristão é uma dádiva. Sabemos que os evangélicos tomaram o país, mas não o nosso recinto. Não tenha vergonha de se assumir como padre. Aqui, você é bem-vindo."

"Ainda estamos no Rio de Janeiro?"

"Não importa."

"Cara, olha, não sou padre. É um engano..."

"Chega de conversa, padre. Não negue sua religião para nós. O outro que fez isso serviu de alimento para Gabriel."

Nem ousei perguntar quem era Gabriel.

"Você tem uma missão aqui, por isso te convocamos."

"Convocaram? Olha, tu é amigo do cafetão, não é? Cara, a puta pediu, sério. Eu disse que tava sem dinheiro. Ela disse que não tinha problema, que eu era gato e tinha uma voz grossa e charmosa. Sério! Deixa de onda, se for me matar, mata logo. Tô perdido, não é isso?"

Ninguém fala nada. Os três meninos que estão na porta ficam assustados.

"Vocês que me pegaram?", pergunto a eles.

Silêncio. O homem do manto se aproxima, se ajoelha perante meu corpo, depois se levanta e, colocando a mão sobre a minha cabeça, diz: "Todos temos pecados, padre. Não se preocupe. Você deve focar na sua missão. Se você negar Deus novamente, garanto que não terá volta. Precisamos da sua força, do seu poder, da sua fé...".

"Que lugar é este, amigo? Poderia dizer? Só vou pedir isso."

"Além das montanhas. Longe da sociedade. Vivemos em nome de Deus. É isso. Jeremias, cuide das feridas dele, mais tarde mostramos a Cristiana. Acho que este padre poderá nos ajudar."

O velho cachaceiro me carrega. Eles acreditam em mim, realmente creem que eu seja um padre. Um medo avassalador toma conta do meu corpo. Pergunto para Jeremias quem é Gabriel. O velho aponta o dedo pra uma casinha com grades e ali vejo um pitbull enorme, escuro, salivando, olhos e dentes de carnívoro.

Volto para a cama e finalmente durmo. Assustado, mas durmo. Quando acordo, ainda é dia. Uma faixa branca cobre a ferida da minha orelha, um band-aid acima do olho cortado e algumas faixas nas pernas. A dor é latejante. Estou deitado no quarto, portando o sobretudo — me obrigaram a usar — e com uma cruz nas mãos. O menino continua jogando videogame, e a mulher sonâmbula de tranças está me vigiando. Pergunto o nome dela, é Lílian. A porta se abre, fazendo um barulho de gemido, o homem do manto negro se aproxima. Pergunto o nome do cara, ele diz que eu posso o chamar de Pai.

"Você está pronto, senhor padre?"

Consinto com a cabeça. Na altura do jogo, bater de frente com esses malucos é pior.

Andamos pela casa e subimos quatro lances de escada: ele, na frente; eu, atrás; Lílian segurando minha mão e as crianças por último, acompanhadas de Jeremias. O Pai afirma que a situação é gravíssima. Pergunto do que se trata, afinal, não sei de nada.

"Um exorcismo, senhor padre. Minha filha mais nova está com o demônio no corpo e já tentamos de tudo. A doença dela está trazendo a desgraça para o nosso culto."

Chegamos no quarto. A porta está cheia de cortes, quase caindo aos pedaços. Ele pede para Lílian ficar tomando conta das crianças. Nós dois entramos, está escuro. O Pai acende um abajur logo na entrada e vejo que não há móveis. Só o chão de madeira velha, uma janela aberta e um colchão de palha. "É ela?", pergunto, gaguejando. Ele afirma com a cabeça. Caminhamos em direção do colchão, quase não vejo o corpo, está escuro ainda. Pergunto a idade, ele responde que 10. O dedo com anéis prateados do Pai acende um abajur próximo do colchão: uma luz amarelada ilumina o corpo da garota. O refluxo vem na hora, um filete de vômito escorre dos meus lábios. A menina está nua, perninhas e bracinhos amarrados por cordas. No pescoço, uma coleira gasta de couro e, em sua cintura, está acoplada uma espécie de espartilho de ferro que obviamente quebrou as costelas da criança, pois seu corpo lembra o formato de uma ampulheta. Os olhos brancos e chapados, e os lábios cheios de feridas, espinhas e cravos estão transbordando pus. Os pés não existem, no lugar deles há um rombo avermelhado que lembrava bastante o rombo no olho daquele neguinho caolho pra quem dei cinco reais no sinal, e isso me faz recuar alguns passos na madeira do piso, causando um som estridente. Os bicos dos pequenos seios estão grampeados, assim como os dedos da mão, sem unhas, todos em carne viva.

"O demônio, padre. Veja só o que ele fez."

A menina está morta.

"Há quanto tempo...", minha mão na boca, gaguejando.

"Um mês e meio. Estamos tentando com vários padres. Fiz o que me ensinaram, mostraram na tevê algumas formas de acalmar o demônio e... olha o que ela fez comigo, senhor padre, olha só..."

Ele tira a máscara e recuo mais alguns passos até cair. O barulho é alto e Lílian abre a porta.

"O demônio, senhor padre, olha o que ele fez..."

Observo a menina morta, subo lentamente minha visão, passando pelo manto escuro do Pai, até atingir seu rosto. Não é humano, é de outro planeta, não há uma explicação lógica para aquela boca: a língua vazando pra fora, salivando sem parar, como um cão em cólera, e no nariz há um buraco profundo. A única coisa normal são os olhos verdes, perdidos no meio do vértice asqueroso que se tornou seu rosto.

"Cura minha cara, senhor padre, cura minha menininha também, olha pra ela... Ajeita aí...", sua voz começa a derreter.

"Ela está morta, cara."

"Todos dizem isso... Homens de pouca fé. Repita isso e morrerá, padre. Repita e morrerá!"

Seu grito faz um esguicho de mijo molhar minha cueca. Encaro Lílian e a molecada que está espionando a situação, todas aguardando a salvação. Jeremias está com os olhos amarelados e ébrios na minha direção. O quarto fede bastante, pútrido, meu nariz não suporta mais, assim como meu corpo e mente não suportam mais essa alucinação. Levanto, respiro fundo a morte ao redor. É hora, chega disso: pego o abajur e quebro na cara do Pai. A luz não causa nada naquela escuridão absoluta. Pulo pela janela do quarto. E lá vai eu, voando novamente pelos ares, ao som do grito de dor e da voz paterna a ordenar: "Peguem ele, filhos de Deus, peguem", e escuto o barulho dos pezinhos nus descendo as escadas.

Nada quebrou na queda. Ombro pegando fogo. Músculos torcidos de desespero. Joelhos bambos, mas a adrenalina fala mais alto. Começo a correr com o final da tarde iluminando meus passos.

Corro e não olho pra trás, apesar de ouvir Jeremias dizer: "Pega, Gabriel, pega, vai, vai". Ouço também a molecada gritar: "Salva ela, seu cuzão!", e passos de crianças e latidos ferozes estão no meu percalço. Entro no meio da selva, que se encontra na frente do sítio do religioso Pai; a voz dele ainda causa eco na floresta: "Não fuja, salve minha filha, você é um herdeiro de Deus e dos seus poderes, seu fraco! Salve minha filha ou morrerá, desgraçado! Salve minha filha!".

E meus passos não diminuem em nenhum segundo. Gabriel late ritmado, sem cansar, atrás de mim. Pulo alguns galhos, corro por minutos e meus joelhos imploram por uma pausa, mesmo que eu não possa. Ligo o automático, nada vai me fazer desistir agora, salto outro galho, esbarrando meu ombro ferido em uma árvore. O latido se aproxima. Gabriel é persistente, sinto o hálito quente do cão, impulsiono minha queda com meus pés, me arremesso para mais longe e acelero até chegar ao fim, caindo em um lago raso, sem correnteza. Bebo um pouco da água e grito. Ando mancando e a dor até me faz esquecer o latido, que agora vem do ar. Gabriel salta no lago e nada na minha direção. Agarro um pedaço de pau qualquer, o cachorro pula no meu peito, sua saliva escorre na minha cara e me protejo com minha arma improvisada das suas investidas. O latido é assustador. Ele morde minha mão, grito sem parar, chuto o corpo dele e volto pra água, mas ele salta sobre as minhas costas e fico com o rosto mergulhado no lago, esperando que a próxima mordida vá na jugular e acabe com minha vida.

Penso nos últimos acontecimentos, a loucura que entrei, agora já era. Penso em Wênia e adeus. Mas a mordida não vem. A água se torna vermelha. Na minha frente, vejo o que aparenta serem tripas e ossos. Essas coisas estão navegando em meio ao vermelho que me afogo. Fico imergido por um tempo, prendendo a respiração. Uma mão me puxa, olho pra trás e vejo Lílian, com uma faca nas mãos, ensaguentada, portando uma mochilinha do Ben 10.

As tranças sujas de restos de carne e sangue.

"Cê ta bem?", ela pergunta.

Ainda estou sem fôlego.

"Descansa depois, todo mundo tá atrás de você, vem."

Corremos sem parar.

. . .

Paramos por obrigação. Nossos corpos não suportam o peso da fuga. Anoiteceu e o calor abafado me sufoca. Desmaiei. Ao despertar, ela me entrega um pouco de leite. "Peguei o que dava na despensa", ela coloca a garrafa de leite de volta na mochila e me oferece banana. Eu como em silêncio, cansado. A mão leve dela faz alguns curativos nas minhas feridas, e seguro para não gritar, pois tudo está queimando.

"Sua irmã morreu", digo.

"Não, padre."

"Não sou padre."

"Ela não morreu."

Continuamos andando. A mulher não fala nada e não entendo por que ela está me ajudando.

"Aqui é Rio de Janeiro?", pergunto.

"É, sim."

"Onde..."

"Aí, não sei. Nasci aqui e nunca saí daqui. Só sei que é Rio porque o Jeremias disse uma vez. Mas não sei mais de nada, seu padre."

"Por que cê me ajudou, Lílian?"

"Você tem cara de bom moço. Tô cansada do papai, disso tudo. Sou a filha mais velha e já vi tanta coisa ali. Cansei. Eu leio uns livros do Jeremias escondida, sabe. Sei que tem mais coisa no mundo pra conhecer. Papai não deixa a gente sair, ele diz que tem muito pecado aí fora."

"Mais pecado do que vi na casa de vocês, duvido."

Pergunto a idade dela, ela disse que não sabia, mas que era maior de idade porque o pai falou disso uma vez.

"Falou como?"

"Na iniciação."

"Que isso?"

"Quando o tronco de Jesus vai crescendo à medida que é enfiado na boca da Virgem Maria."

"Como?"

"Papai faz isso com a gente todo domingo, ele diz que é pra nos abençoar do mal. A Cristiana disse que não ia mais fazer, por isso o demônio entrou nela."

Abraço Lílian, mesmo sem saber o motivo, mas ela retribui e, nesse silêncio que se forma, nós continuamos caminhando pela mata, que agora está completamente escura.

Chegamos a uma estrada sem lá nem cá. Tem uma placa, mas toda quebrada e o único pedacinho intacto está com marcas de bala. Lílian, exausta, se sentou no asfalto. Me sentei ao lado dela, coloquei meu braço ao redor do seu ombro, ela encostou a cabeça no meu peito e assim ficamos por um tempo. Lembrei do meu cigarro, fiquei feliz, pois o isqueiro ainda estava dentro do maço. Mas, tão logo veio, a felicidade partiu: a carteira completamente ensopada. Nós dois estávamos parecendo um embrulho maltrapilho. Então escutamos o som de um carro, me levanto na hora, Lílian também. É um carro de polícia. Fico receoso.

Eles param.

Minhas pernas fraquejam. Lílian vê minha dor e ajuda. Ofereço dois passos bobos antes de me firmar. Os policiais, no banco da frente, devem pensar que estou bêbado. Na parte de trás do veículo, está um cabeludo sujo, roupas rasgadas, barba imunda. Abaixo a visão e vejo algemas nos punhos do cidadão. Ao lado dele, está um cara com sobretudo marrom, bigode espesso e óculos fundo de garrafa. Me sento ao seu lado. Lílian fica no meu colo.

"O que houve?", o policial com a mão no volante pergunta, acendendo um cigarro amassado.

"Desculpa", coço a cabeça cortada, "fomos assaltados ali em cima."

"Vocês lembram como eles eram?"

"Não", respondo. "Estava escuro."

"Esse é o problema de ficar zanzando pela mata à noite", o policial diz, em seguida aponta, sem olhar, para o cara algemado. "Olha, vamos só encontrar um corpo que esse cidadão aí desovou, e depois nós resolvemos o caso de vocês, ok?"

"Ótimo."

O policial liga o carro, fala que é pertinho e começa a cruzar o asfalto escuro em marcha moderada. Não há outros carros na estrada, o carro fede a suor e nicotina. Peço um cigarro, abro a janela, ele entrega e acende pra mim. Trago como se fosse minha salvação. Fico avaliando os bananais que proliferam nas vertentes, árvores se distanciando e, de longe, bem de longe mesmo, a luz de alguns holofotes aparecem. O cidadão que está no carona é um policial gordo, sem barba, olhos claros e no peito está o nome "Souza". No peito do motorista, leio "Cruz". Ultrapassamos um posto abandonado e derivamos por uma rua de areia.

O veículo freia bruscamente depois que Souza diz: "É aqui". Quando baixa a poeira, a bateria de faróis está assestada contra uma fachada de mato infindável.

"Vamo", Cruz ordena.

Todos saem do carro. Cruz puxa o meliante pela gola da camisa, o arremessa no chão, começa a perguntar com a voz cansada: "Dessa vez é aqui, né?". O bandido faz que sim com a cabeça. Souza pega duas pás no porta malas e diz: "Doutor, me ajuda?". E o cara de óculos fundo de garrafa e sobretudo marrom pega uma das pás. Os dois puxam o bandido até o mato iluminado pelo farol e a luz da lua.

Eu me aproximo de Cruz: "E aí, o que ele fez?".

Cruz puxa a fumaça do cigarro e responde: "Matou o irmão, quarenta e quatro facadas, enterrou o corpo em algum desses matos. Diz ele que esqueceu o lugar, mas agora acho que é esse mesmo".

"Que área do Rio é essa?"

"Rio? Tamo em Três Corações. Você tá com algum problema sério mesmo, né, irmãozinho."

"Resolve essa bronca primeiro, depois te falo."

"Fala mesmo, você tá estranho. Sangrando. O assaltante fugiu por onde, sabe dizer?"

"Ali por cima."

O barulho das pás sendo enterradas é intensificado, aparentemente não estão achando nada. O doutor entrega a pá para Cruz, diz que é a vez dele. Cruz e Souza vão cavar em outras áreas, enquanto o bandido fica aguardando. Pergunto o que o tal doutor faz da vida. Ele tira uma carteira de Marlboro do sobretudo marrom, eu peço um, acendemos, ele alisa o bigode, ajeita o óculos e responde que é médico.

"Veio fazer o que aqui?"

"Podemos dizer que o defunto é bem especial. Vão precisar de uma mão de obra médica."

O doutor fala que não é o trabalho que pediu a Deus ou que seus pais realmente desejavam. Ser médico deveria ser tratar de pessoas em consultórios brancos e límpidos, receber grana alta, ter status. O doutor trabalha em um hospital público, fodido, sem equipamentos ou dignidade, não come ninguém, é liso, e ainda faz esses bicos cansativos de madrugada para a polícia. Começo a rir, digo que também não fui o filho dos sonhos dos meus pais.

"Você é o quê?", a voz pacífica pergunta. Lílian começa a perseguir uma libélula, eu digo que meus pais queriam que eu fosse relevante, só isso. Alguém. Uma pessoa notável, que pudesse ser reconhecida pelo nome.

"Eu fui tudo, doutor, menos relevante."

"Também não tive relevância", ele joga a piola do cigarro fora. "Somos dois. Olha onde a gente tá", olhamos ao redor, a escuridão só sendo cortada pelo farol da viatura. "Ninguém relevante estaria num canto desses numa hora dessas."

Lílian cai na parte arenosa do terreno.

Souza grita de raiva, tenta atacar o bandido e Cruz o impede.

"E essa menina?", o doutor pergunta.

"Minha amiga."

O doutor dá um sorriso e acende outro cigarro.

Cruz e Souza começam a comemorar e pedem a ajuda do doutor, que vai correndo até lá. Os três puxam alguma coisa de dentro da terra. O bandido está ajoelhado, cheio de hematomas na fuça, lacrimejando e gemendo alguma coisa incompreensível. A luz do farol ilumina os quatro corpos, eu não consigo ver direito o que eles estão puxando. Quando me aproximo, vejo o doutor e Souza puxarem uma perna de gafanhoto, não uma pata comum, uma pata gigante, verde-esmeralda fosforescente, cheia de barro, cortes e perfurações. Cruz puxa a cabeça do inseto com a antena direita decepada e com os olhos gigantes me encarando. Aquela perna grande e forte me assusta, ela está esfaqueada e dilacerada.

Encarei os policiais e perguntei que merda era aquela. Eles começam a rir e dizem, apontando para o bandido: "É o irmão dele, cara!". O doutor pega uma injeção do sobretudo e injeta no olho preto e disforme do inseto. Uma das patas do gafanhoto se mexe, o bicho começa a chiar como uma tevê fora do ar.

"Que isso?"

"É a minha hora extra, amigo!", o doutor responde sem parar de rir. "Esse irmão aqui deve ter saído de algum lixo tóxico dos bons, viu. Olha o tamanho do bichão!"

O bandido começa a rir também. Todos riem.

Puxo Lílian e saímos correndo, enquanto vejo o gafanhoto impulsionar a perna quebrada e dar um grande salto, cruzando a lua cheia tatuada no céu.

. . .

"Gafanhoto gigante?", ela pergunta.

"Você não viu?"

"Cê tá delirando, padre. Isso não é de Deus, viu?"

"Você devia tá dormindo."

"Doido."

"Se bem que foi estranho demais aqueles policiais não nos prenderem ou..."

"É o quê?"

"Nada. Você devia tá dormindo."

"Doido."

Depois de andar um pouco e se distanciar da estrada, fomos parar no meio do mato de novo. Achamos uma caverna próxima de algumas árvores. O cheiro de maconha é intenso. O lugar é cheio de pichação, garrafas pets cortadas e camisinhas usadas. Sorte que não tem

ninguém. Sempre ouvi dizer que Três Corações era um lugar perigoso e cheio de traficante, cidade de Minas Gerais, próxima do Rio e de São Paulo: não podíamos querer outra coisa. Deitamos na caverna. Fui alisando os cabelos de Lílian até ela dormir. Levantei, conferi se minha grana ainda estava no sobretudo e dei o fora. Não podia ficar perto dessa doida cheia de Deus aqui e lá, meio paranoica, não sei, devo seguir sozinho. Saí correndo até o asfalto e uma mão grudou na minha. Lílian chorava, me abraçando sem parar.

"Cê não pode me abandonar, padre."

"Ô, merda. Não sou..."

"Deus vai jogar um trovão na sua cabeça, viu, seu doido."

"Já jogou."

Aperto a mão dela e decido manter o estorvo comigo. Depois de muito andarmos, um caminhão passou e quase estourei a garganta de tanto implorar para ele parar. Ele para. Peço para nos levar até a rodoviária. Ele aceita com a cabeça e não fala mais nada.

Eu precisava ir para João Pessoa e tentar esquecer esses dias. Que cansaço!

O motorista não tinha olhos. Ignorei este fato.

• • •

Rodoviária podre, noite eterna. Uma televisão cheia de marcas de durex e um bombril preso nas antenas enferrujadas. Eu tento ouvir alguma coisa, mas não consigo entender nada. A rodoviária fede pra caralho. Vez ou outra, avisto algum fantasma pedindo trocados, putas se encontrando com seus clientes. Sem policiais. Pego o dinheiro ensopado e compro duas passagens pra Salvador, a mais perto que tinha da Paraíba. Só um guichê está aberto e o próximo busão é daqui a duas horas. Sentamos. Lílian apaga no meu ombro, roncando baixinho com seu hálito morno e azedo. Eu a deixo quietinha na cadeira e vou ao orelhão. Um doidinho de braços levantados, cheiro de chorume, começa a ficar me rodeando e falando coisas bizarras: "Arrhhhh... Doutorrr... oooo... E...". Não entendo nada e fico olhando a figura. Ele continua do meu lado, "Ooooh... Errrghhh...". Fico de saco cheio e desço as escadas em direção do banheiro. Lá embaixo, localizo outro orelhão, que inclusive é mais discreto. Antes de ligar, dou uma mijada, depois sigo até o telefone. Fico olhando ao redor e não tem ninguém, ainda é audível o eco da voz do "ARGhhhh... Eiii... ooo..."

Disco 0218399723455 no orelhão.

Ninguém atende.

Disco 0218399723455.

Na oitava chamada, a voz ensolarada atende.

"Alô."

"Oi."

"Puta que pariu. Você tá brincando comigo?"

"Adoro quando você fica brava..."

"Tchau."

"Não desliga não, sério, por favor... Meus últimos dois dias foram insanos. Dois ou três, nem sei quanto tempo fiquei apagado até chegar aqui. Agora preciso de ajuda mesmo."

"Onde você está, seu doido?"

"Três Corações. Só tenho você pra me ajudar..."

"Você tá envolvido com esse lance de drogas e álcool de novo? Puta merda, não quero mais, chega. Não me liga, ouviu? Você fodeu sua vida, não vem foder a minha, seu escroto. Não é minha culpa que ninguém gosta de você, que sua família te odeia, seus amigos, todo mundo. Você não é nada e vem ligar pra mim às três da madruga pra falar que adora quando fico brava? Seu drogado de merda, olha..."

Fui ouvindo o resto do monólogo de Wênia no chão, enquanto um cara mascarado coloca um saco preto na minha cabeça. Pergunto se eu podia me despedir do amor da minha vida. Não. Ouço um *créqui* na testa. Algo quente escorreu. Escuto o *piii piii piii*.

Dessa vez, eu tinha certeza que teria tempo pra dormir bastante.

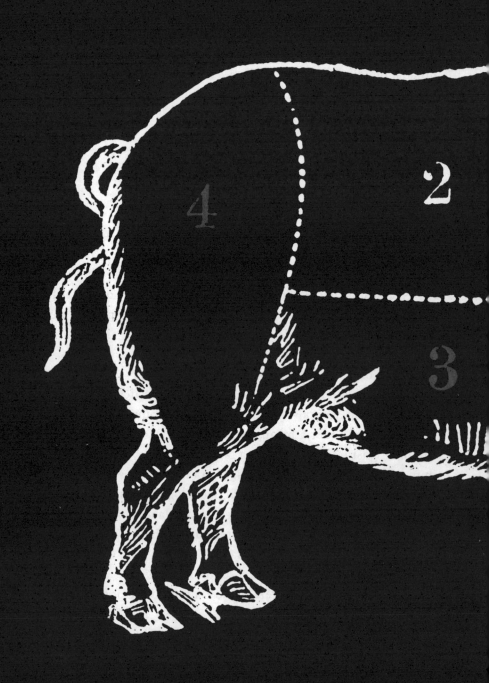

PARTE II
COMO SANGRAR UM PORCO

COMO
RAR
RCO

A única coisa que me incomoda
é falta de respeito.
Se me desrespeitam, eu sento a
mão na orelha mesmo.
— *Maguila* —

PORCO DE RAÇA

Pela quantidade de remela que arranquei dos olhos, deduzo que dormi por dias, talvez meses. Estou em um quarto pequeno, paredes vermelhas, cama velha com um lençol branco e um travesseiro amarelo. Levanto e caio na mesma hora. Penso no gafanhoto gigante me atacando. Seguro minhas pernas bambas e moídas, faço um esforço e consigo ficar de pé. Estou pelado, não consigo localizar minhas roupas e esse é o menor dos problemas. Vou deslizando até o banheiro da suíte; limpo, pia brilhante, tudo cheiroso, chuveiro funcionando.

Tomo uma ducha gelada, vejo que tem umas aspirinas em cima do espelhinho que está acoplado na parede de pastilhas esbranquiçadas. Engulo dois comprimidos com a água da pia. Fico tossindo, exploro o banheiro e localizo uma toalha em um balde de roupas, todas aparentemente do meu tamanho. Quando saio do banho, encontro dois homens de jaleco branco e máscaras cirúrgicas. Na mão de um deles, uma pasta.

"Onde eu tô, hein?"

Um deles abre a pasta e pega uma injeção.

...

"3... 2... 1... Dale!"

Arregalo os olhos. Respiro dor e meu pulmão queima. Fumaça. Cheiro de carne queimada. Minha carne queimada. Ao meu lado, um cara de branco está com um desfibrilador, outro de branco puxa ele para trás e fala alguma coisa em espanhol, algo como "já chega", não sei, meu espanhol de colégio anda em desuso. Percebo que estou com uma máscara. Minha visão está prejudicada, mas consigo visualizar o cenário atual: estou sem camisa, só de cueca e com uma marca de queimadura nos peitos. Duas pessoas me puxam, fico de pé, tonto, escutando vozes em português, inglês, espanhol e outras línguas.

Estou em um ringue estranhíssimo. O piso é de areia, as únicas luzes provêm de lâmpadas amarelas e fracas, presas em um teto feito de arame. Está tudo fechado com grades, inclusive a parte de cima desse aparato, que lembra uma gaiola. Levanto a cabeça e vejo mais grades e arames, tem armas brancas enroscados neles, como tacos, facas, porretes, cassetetes; há também arquibancadas improvisadas com vários homens de terno berrando e, em suas mãos, notas e mais notas de dinheiro dançando pelos ares, enquanto que um velho manco sai recolhendo a verba. Acima deles, um camarote mambembe, onde outros homens me observam. Uma fumaça predomina nessa área, onde vejo sombras de charutos e cigarros finos. O lugar fede a clandestinidade.

Um negro magrelo e com roupa de garçom entra no ringue de areia. Ele alisa o bigode fino e começa a dizer: "Sejam bem-vindos, senhores!". Uma moça ruiva, gordinha, óculos com aros grossos e vestido vermelho, entra no ringue também. Ela traduz o que ele fala para o inglês. O magrelo diz que o Açougue está para começar e os homens de terno vibram e começam a jogar dinheiro no teto de arame; alguns até descem das arquibancadas e chutam as grades e arames, gritam na minha cara.

Um deles, muito perfumado, chega perto e diz: "É bom você ganhar, porco, apostei em ti".

Outro grita: "This pig is a motherfucker. Look at this shit".

O apresentador de bigode fino pega um alto-falante remendado, chuta um pouco de areia para o lado de fora do ringue e pede silêncio.

"Gente, respeito, por favor. Vocês são homens de bem, oras."

Todos riem. Outros esperam a ruiva traduzir para rirem.

"Sejam bem-vindos ao Açougue! Agora na nossa nova sede, aqui em Buenos Aires."

"Buenos Aires?", eu grito.

Todos me encaram. Até a fumaça no andar dos camarotes cessa. Sinto um calor desconfortável. Um dos homens de roupa e máscara brancas se aproxima de mim, o cara é brasileiro, sussurra: "Se você falar de novo, vamos te matar. Matar bem matado".

Ele chuta minhas costas, vou de fuça na areia. Todos riem. Ele sobe em mim: "Outra coisa, regra principal da casa: se tirar a sua máscara, você morre também".

Máscara? Então realmente tô mascarado.

"Bem", o apresentador continua, "aqui estaremos mais seguros, já que, em Berlim, ocorreram aqueles problemas com a imigração, e, no Brasil, a nossa segurança estava prejudicada. Pois bem, homens ricos e maravilhados pelo estranho... sem muitas palavras desnecessárias, pois sabemos que vocês não estão aqui pra isso..."

Que merda é essa? Alisei meu rosto e vi um focinho. Depois, olhos pequenos. Uma boca estranha, tortinha. Orelhas pontiagudas. Colocaram um sorriso na máscara? No focinho, dois buracos grandes, orelhas pontiagudas. Bizarro.

"Do meu lado direito, está um novato. Um professor, meus senhores."

"A teacher, gentlemen", diz a ruiva.

"Uhhhhhhhh...", ouço vaias da arquibancada e dos camarotes.

Começo a chorar de medo.

"Ele veio do nordeste do Brasil, é magro, preto, estranho, falido, crítico do governo atual do nosso país, comunista e adorador de hip-hop. Daquele jeitinho que vocês conhecem e amam. Apresento a vocês o magro resistente, aquele que curte uma mulher branca que tem nojo dele, palmiteiro desgraçado, sim, é aquele que não gosta de dinheiro, mas vive do que vocês produzem, empresários e trabalhadores de verdade... Ele, o fétido e imundo, o degradante verme rastejante, orgulhoso e miserável..."

Eu estava ficando incomodado com o excesso de adjetivos.

"... eis o Porco Sucio, meus senhores!"

A ruiva traduz.

E tome aplauso e vaia. Dinheiro flutua pelo lugar, gruda nas lâmpadas, ficam presos nos arames pontiagudos, alguns até conseguem ultrapassar as grades e caem na areia.

Um porco? Sou um porco?

"E do meu lado esquerdo... aquele que já conhecemos."

Não ouço mais o apresentador nem a tradutora. Só escuto os passos. Um cidadão com máscara de touro entra pela porta de madeira velha à minha frente. O homem está nu, pau duro, peludão, horrendo. A máscara dele é preta e os olhos estão vermelhos, os chifres riscados estão cortados pela metade. Ele grita e eu quase cago na cueca.

Começo a recordar as aulas de kung fu e judô que fiz na adolescência, lá na minha vida burguesa em João Pessoa.

"Deem boas-vindas ao Touro Castrado!"

Ninguém vaia.

O apresentador começa a falar das regras: "Regra número um: só pode iniciar o combate quando eu falar "Açougue!". Regra número dois: é pra bater valendo. Regra número três: nunca tirem suas máscaras".

A ruiva traduz e o alvoroço dos homens ricos se intensifica.

Animais, dinheiro, porrada, aposta e ricos excêntricos. Como fui parar aqui? É culpa de quem? Do cafetão e daquela puta? Ou foi a vizinha do 104? Meu irmão, claro, ele deve ter me vendido. Ou Lílian? Tem cara de ser coisa do pai dela... Os policiais loucos ou o gafanhoto? Merda, o doidinho da rodoviária? O gordão?

"Açougue!"

Meu maxilar vibra com o murro do Touro Castrado. Quatro passos pra trás, engulo saliva, passo por debaixo das pernas grossas dele e tento buscar uma das armas brancas que estão no teto de arame dessa gaiola minúscula que nos asfixia. Agarro um taco de beisebol.

Ele vem correndo, resmungando em espanhol, acerto o joelho dele e seu corpo enorme sai varrendo areia. Os ricos me xingam, outros elogiam, a saliva deles chove em nossos corpos e o apresentador e a tradutora narram a peleja. O Touro levanta, acerto a clavícula dele com o taco, chuto a costela e não paro, seguindo o ritmo da plateia. Ele pega o taco da minha mão, quebra o negócio com o joelho, arremessa pro outro lado e agarra meu pescoço. Sinto um murro, dois, três, quatro, vozes em castelhano, tudo rodando, cinco, vozes em alemão?, já estou apagando, seis, vozes em inglês e português, até que ele me ergue no arame, joga meu corpo como se fosse um saco de lixo na porta de madeira de onde eu devo ter saído e, a partir desse golpe, a escuridão foi minha única resposta. De novo e de novo e de novo.

• • •

Acordo com uma música. Olho ao redor, estou no quarto. Paredes vermelhas, tapetes marrons e felpudos. Travesseiro amarelo. Percebo que meu rosto está enfaixado, e minhas costas também. Remédios em cima de uma mesinha, uma televisão desligada, cama arrumada, perfume de lavanda e, em uma estante vazia, um rádio velho e cheio de pó: dali que está saindo o som. "Por una cabeza..." Claro, Carlos Gardel, o meu pai escutava isso. Era a favorita dele. Meu irmão sabia disso, merda, é culpa dele. Ele que me trouxe aqui. Quem mais saberia dessa bosta? Deixei de andar na linha e fui vendido. Levanto com dificuldade. No banheiro, perto do espelho, vejo um quadro. Nele, está uma foto minha com Wênia. Em preto e branco. Nós dois deitados sobre a grama, ela beijando o meu rosto. Cabelos negros e olhos de jabuticaba me encarando. Branca que dói, abusada feito naftalina. Ela não tem essa foto. Meu irmão também não. Na verdade, eu sou o único dono dessa foto. Como eles pegaram isso? Ela estava guardada em uma caixa velha. Na caixa que eu devia ter tacado fogo. Era o único que sabia do paradeiro dessa foto. Único. Algumas perguntas incendeiam minhas memórias. Não tive coragem de pegar o quadro e quebrar. Tento desligar o rádio e não consigo.

Uma voz espectral começa a falar: "Alô som. Alô som, escutando?". Vejo que a voz robótica está saindo de algumas caixinhas de som da parede. Ela continua: "Não toque no rádio. Outra coisa: nas lutas, nunca tire sua máscara. Nunca".

"E por que não?"

Começo a tocar no rádio, começo a gritar que porra tô fazendo ali, eu entro em desespero, pego o rádio e quebro, chuto a televisão. Dois caras de branco entram. Enfiam uma injeção no meu pescoço. E dói. Dói muito. Eles me dão uma surra com dois bastões brancos, depois abaixam minha calça. A voz robótica volta a falar através da caixa de som: "Da próxima vez, eles vão enfiar esses bastões no seu rabo, brasileiro".

...

Carlos Gardel me assombrando com sua voz de velho do século passado, de novo e de novo. Ligo a televisão, está passando luta. UFC. Tento mudar de canal e não dá. Tento aumentar o volume e não consigo. Não há som na televisão. Fico vendo por algum tempo, e é só porrada, mais porrada, meia hora, três horas, cinco horas de caras brigando acompanhados da música de Gardel.

"Não quero saber por que estou aqui", falo devagar. "Só me digam como conseguiram aquela foto. A do banheiro... Por favor."

Fico coçando a cabeça, vou ao espelho, vejo que os band-aids ainda estão no meu rosto, agora tem um no pescoço. Me aproximo da caixa de som e imploro. Estou engolindo lágrimas com meu suplício.

"Vamos... Quem foi o engraçadinho? Já briguei e apanhei feio, tenho que sair, bora. É a puta? Olha, eu tava bêbado, eu deixo o cafetão me enrabar, mas me tira daqui... É sério, como vocês conseguiram a foto?"

Ninguém respondeu. Não havia janela, não sabia se era dia ou noite. As semanas foram passando, dormia de cansaço, mas sabia que passavam. Acordava no mesmo lugar. No mesmo canto, prisão domiciliar, sem janelas, vazio, analgésicos diariamente, tédio.

Na porta pintada de vermelho, tinha uma abertura na parte de baixo, por onde, pontualmente, minha refeição chegava. Através dela, consegui reparar nos horários. De manhã, torradas, café, leite, ovos e frutas. De tarde, arroz, bife ou frango, batata, macarrão, salada e frutas com mel. De noite, uma sopa caprichada. Às vezes, deixavam leite com biscoitos na madrugada. Sempre pontuais. De fome, eu não morreria. Numa dessas entregas, eu cheguei a me rastejar feito verme pela entrada, puxando o pé do entregador, tentando ver seu rosto, implorando por uma resposta.

"Quem foi? Por favor, faço o que você quiser. É dinheiro? Eu arranjo, meu irmão é milionário, porra, diz, quem invadiu minha casa e pegou aquela foto? Quem? Quem me trouxe aqui? O que eu fiz? Foi o cafetão, né? A puta? Fala com eles, olha, tu é argentino? Hola, soy un hombre de bien, perdón por mi castellano, pero, soy un hombre de bien, no quiero quedar acá, por favor, cara, porra, hijo de puta..."

Ele me empurrou de volta com sua bota tamanho 45. Deixou a refeição. Fechou o pequeno compartimento e me largou sozinho com minhas dúvidas.

Comecei a descontar minha raiva nas paredes. A caixa de som não falava nada, então era permitido estourar meus punhos naquele mar vermelho ao meu redor. O nome "Açougue" também seria bem-vindo aqui. Socava até meus dedos estalarem, até sentir os ossos vibrarem. Eu socava e imaginava os possíveis alvos sendo detonados pela minha raiva. Imaginava meu irmão com o nariz estourado, a puta, o cafetão gigante, a vizinha, todos, sem exceção, até Lílian tinha uma dose de espancamento. Eu estava perdido ali, caía de cansaço, depois da sessão quebrando a mão com estilo. Eu não tinha esperança de fuga. Gemia uma solução, uma piedade ou ajuda. E ela não vinha. Quando eu acordava dos meus sonos intranquilos, minha mão estava enfaixada.

Em um desses dias de exílio, acordei sem cabelo. Haviam raspado. Levantei e explorei o quarto, reparei que eles tinham limpado. O cheiro de saúde e limpeza estava em todo lugar, do banheiro até minha cama.

"Obrigado pela limpeza, mas não curti o penteado."

Subi na minha cama e gritei na direção da caixinha de som: "Obrigado, seus desgraçados!". Cansei de implorar satisfação. Isso pode ser uma espécie de purgatório, um lugar onde todos os meus pecados serão expostos. Quem sabe, eu mereço algo do tipo. Não fui um dos melhores humanos da terra, confesso. Mereço uma boa dose de castigo. Fui ao banheiro, olhei minha fuça barbeada, lembrava um messias pobretão, careca e cheio de pentelho ao redor da boca.

"Bem que podiam ter aparado a barba, hein?"

Peguei o quadro de Wênia, a beleza dela ainda me esquentava. Fui pra cama e toquei uma punheta furiosa, daquelas que o pau quase cola na mão; chorei enquanto gozava. Melequei o quadro inteiro com meus filhos natimortos e depois arremessei o quadro na parede. Fiquei de joelhos perto do quadro e comecei a socar até o esperma se fundir ao meu punho. E ali fiquei, gritando para um anjo torto me salvar, dilacerando aquele rio do esquecimento.

Quando acordei, o café da manhã já estava servido. Alguém havia enfaixado minha mão. Pra variar. Tomei café e fui dar um cagão. Na parede do banheiro, acima do espelho, estava outro quadro. Wênia sorrindo, dentes largos, covinha, camponesa. A bosta caiu. Essa foto também estava na caixa velha. Peguei o quadro, beijei seu sorriso, caí de joelhos no chão do banheiro: cagado e derrotado.

• • •

O apresentador está empolgado. Eu devia ter desconfiado: capricharam demais no meu almoço. Outra luta, outra surra. Estava tão irritado com minha situação atual que nem sequer estava ligando em apanhar. A máscara no meu rosto incomoda, mas eu tinha que me acostumar. Ao meu redor, os mesmos ricos de terno torcendo por pancadaria e destruição. Seus dinheiros trovejando nos ares, enquanto o velho manco os recolhia. Estou no mesmo lugar, no mesmo chiqueiro minúsculo em forma de ringue. Levo uma tapa na cabeça, um dos caras de branco começa a me xingar em castelhano, outro se aproxima, é brasileiro, diz: "Para de olhar pra cima. Os homens reclamam, não gostam de contato visual".

O apresentador fala que o Porco Sucio é muito curioso. A ruiva traduz, ela está com um vestido de oncinha.

"O Porco Sucio vai para sua segunda luta. Lembram da surra que ele levou na primeira? Será que ele consegue ganhar essa?"

Na porta à minha frente, sai um cidadão com máscara de cavalo. Não estou com sorte.

"Cavalo Hermoso! Conhecido dos veteranos da casa, não é, pessoal?"

A ruiva traduz e muitos concordam. Vejo notas e mais notas saindo dos bolsos dos homens. Imediatamente desvio o olhar, encarando meu adversário novamente. O Cavalo Hermoso tem corpo de fisiculturista. Deve pesar uns 120 quilos. Um negro enorme, usando uma sunguinha amarela, suado e furioso. Ele grita e faz graça para o público, que aplaude e vibra como se fosse todo o dinheiro da vida deles investido nessa pocilga.

"Tu é brasileiro?", pergunto pro Cavalo.

"Shut the fuck up, motherfucker, I'm gonna crash you", o cavalão diz, sua voz lembra um trovão.

O apresentador inicia a luta.

Já levo uma no queixo.

Consigo manter o equilíbrio. O segundo soco, desajeitado e rápido, passa pela minha boca mascarada de porco, consigo esquivar do terceiro com muita sorte e o quarto atinge minha barriga. Desabo na areia fedorenta. Os ricos não param de torcer e xingar. O joelho malhado do grandalhão desce na direção da minha boca: o barulho não é agradável. Lembra milhares de dúzias de ovos caindo no chão. Uma orquestra distorcida. Minha boca inchada começa a gargalhar de desespero, o som oco dos risos ecoa pelo ringue fechado. Um manifesto, uma risada histérica e infame assombra os humanos da casa. Os ricos param de falar. Observo o camarote, a área onde a fumaça predomina: não há algazarra, só silêncio e nicotina. O apresentador e a tradutora, com suas vozes de entretenimento, também fecham a boca.

Eu não paro de gargalhar.

"Are you crazy? Are you laughing?", Cavalo Hermoso questiona.

Ele se afasta, eu me levanto. Não consigo falar direito, porém me esforço: "Tô acostumado. Os fracos aguentam apanhar; os fortes, não".

Ele corre e tenta acertar o cotovelo no meu nariz, me abaixo e chuto o joelho do grandalhão, que estremece. Enfio a mão dentro da sunga dele, aperto as bolas, amasso com força, enquanto ele martela minhas costelas com o cotovelo; nós dois gritamos feito animais sendo torturados em um matadouro. O Cavalo consegue se livrar do meu aperto peniano e, após um urro de dor, enfia um soco final em mim; tombo feio e abatido.

...

No quarto, me servem frango com batata, cerveja em um copo enorme, daqueles de vikings, duas garrafas de vinho Malbec, arroz, salpicão, só coisa fina, até tenho a ousadia de perguntar se o vinho era argentino mesmo. Um dos mascarados de branco consente com a cabeça, enquanto faz curativos no meu corpo. Vou comendo a coxa de galinha como um animal, lambendo os beiços feridos e inchados. Percebo que, de fato, estão faltando dentes na minha boca. Nesse meio tempo, outros funcionários entram no meu quarto e colam esparadrapos nas minhas costas, me dando remédios e fazendo massagem. Um dia de rei, finalmente. Um dos caras é brasileiro, ele diz que fiz por merecer, poucos passaram mais de um minuto com o Cavalo Hermoso no Açougue.

"Sério?"

Ele não responde. Depois dos curativos, se retiram. Arroto e continuo comendo. Vou ao banheiro encarar o sorriso de Wênia e reparo que meu joelho está meio esfolado. Alguém entra no quarto, o brasileiro de branco disse que é um presentinho pra mim.

Uma mulher. Igual a Wênia.

Vou tropeçando até ela, está nua. Aliso os seios fartos dela, cheiro o rosto, cabelo, beijo a boca grossa, abraço e choro. Pergunto o nome dela inúmeras vezes, até que a moça abre a boca e cai no tapete vermelho e felpudo do quarto. A língua dela havia sido cortada, consigo ver a costura mal feita remendando o resto de carne cheia de saliva que restou. Uma espécie de carne moída entrelaçada naqueles pontos, que devem ter sido feitos pelos homens de jaleco branco.

"Esse lugar é um hospício!", grito.

A moça deita no tapete ao meu lado e começa a alisar minha careca.

Beija minha bochecha.

Geme baixinho na minha orelha.

Os olhos são tão parecidos com os de Wênia. Os cabelos. Até a porra do cheiro.

Na hora da trepada, gozo Wênia.

• • •

A próxima luta não tardou para acontecer. Por algum motivo, eu quero ganhar essa. Estou motivado para isso. O servo de branco brasileiro disse que eu iria pegar um iniciante. Eles queriam que eu ganhasse. Ele disse que os ricões gostaram de mim, a imagem do porco preto, magricela, fracassado, professor, é um perfil que eles amam: o adorável perdedor. Bem, espero ganhar. Entro no Açougue pulando. Chuto um pouco de areia, rezo para o capeta, deixo os gritos dos engravatados me agitar. Na minha frente, o adversário é a Formiga Boluda. Um magricela tatuado, com um short preto e uma máscara bizarra de formiga. O magrelo está animado, fica dando socos e chutes no ar. Permaneço em silêncio, até que, por algum motivo, grito: "OINC, OINC, OINC...", e todos riem e começam a berrar em coro: "Porco Sucio, Porco Sucio, Porco Sucio!...".

A formiguinha não gosta do meu grito de guerra e fica em pose de combate. Nos últimos dias, andei vendo bastante luta na tevê, andei socando muita parede, andei guardando muita fúria nesse corpo derrotista e pude ver que a pressa, de fato, é inimiga da perfeição. Meu oponente está agitado, cheio de ímpeto, ele vai vir com tudo para cima de mim e, se eu pensar friamente, conseguirei atingir o primeiro golpe nele.

O primeiro é o que importa, o resto é no desespero.

Começa: a formiga magricela chega na voadora, respiro fundo e abaixo, o cara vai de cara na areia, causando risos na plateia. Ele se levanta rápido e dá uma sequência de chutes em mim, consigo desviar de uns dois, apanho calado, aproveitando uma deixa dele para socar sua boca de formiga. Ele tropeça pra trás e agarra um bastão nos arames que formam o teto. O cara é desconjuntado, mas consegue atingir a máscara na altura do meu olho com a arma, a quentura da dor sobe, mas a raiva faz passar. Puxo o braço dele pra trás e o empurro nas grades, puxo e empurro e repito o movimento até ver que ele está um pouco zonzo, então o jogo para o outro lado do ringue. Pego um martelo que está no teto e, usando o lado da orelha da arma, acerto seu pescoço em cheio.

Agarro as antenas da máscara dele e o arremesso pro meio do ringue. Seguro o cabo do martelo e fico rindo por dentro. O martelo desce contra a cabeça da formiga; uma, duas, três, quatro, cinco, seis, sete, oito, nove, descanso um pouco, dez, onze, doze, troco de mão, treze, quatorze, grito que ele é um puto, quinze, dezesseis, digo que é melhor eu não ficar caolho, dezoito, dezenove, vê se morre seu escrotinho, vinte.

O apresentador nos separa.

Todos ficam calados, até um gordo de gravata começar a gritar: "Porco Sucio... Porco Sucio...!".

Todos repetem o mantra.

O apresentador ergue meu braço.

"Qual seu nome?", pergunto pra ele.

"Pode me chamar de Betão, Porco. Pra você, eu sou o Betão", responde.

A tradutora fica rindo para mim com aquela bocarra texana.

"Porco Sucio!... Porco Sucio!... Porco Sucio!..."

Peguei o martelo de novo. Vinte um, vinte e dois. Mais gritos.

Finalmente, tenho um nome. Finalmente, sou relevante. Eles gritam por mim. Por mim. Alguém.

• • •

Quatro dos serviçais de branco estão à minha frente, aplaudindo meu desempenho, enquanto um quinto faz os curativos. Meu corpo já não aguenta mais ser remendado. Um quebra-cabeça, colagem de carne e ossos. Os quatro que me aplaudem, perguntam, em espanhol, qual mulher ou homem eu desejo. Consigo entender a mensagem, pois eles me entregam um catálogo enorme com fotos de garotas e garotos.

"Todos sem língua?", pergunto.

O que está fazendo curativos em mim diz que sim.

"Quem me trouxe pra cá?"

Eles não respondem.

"Não custava tentar, né?"

Começo a ficar excitado só de ver o livreto com as fotos. Procuro a que é parecida com Wênia, mas a que me chama atenção mesmo dessa vez é uma que está nas últimas páginas: cabelo crespo, olhos grandes e verdes, negra, triste. Lílian está aqui: os desgraçados a pegaram. Não adianta ficar bravo, querer brigar, claro que não. Estou em uma gaiola sem saída. Não há solução. A pobre acabou sofrendo as consequências.

"Como ela chegou aqui?"

Ninguém responde.

"Quero ela."

Os quatro se retiram da sala.

O brasileiro que fazia os curativos também se retira.

Lílian não demora a entrar no quarto. É o tempo de dar uma mijada, refletir um pouco e ver uma luta na televisão muda. Ela se assusta quando me vê, me abraça forte, abre a boca e a cicatriz bucal presente na outra garota também habita sua língua.

"Não sei quem colocou a gente aqui, Lílian. Não sei."

Ela se aproxima da minha cama, pega uma caneta na mesinha ao lado e escreve no pulso: "Foi o demônio. Somos pecadores". Eu pego a caneta da mão dela e jogo na parede.

"Não existe essas merdas de demônio, Lílian, porra! Algum filho da puta que nos jogou aqui. Provavelmente alguém que me odeia, eu sou um cara odiado, sabia? Tô devendo dinheiro pra político, traficante, agiota, puta, ator global, empresário, matador, socialite, porteiro, arquivista e por aí vai. Algum deles me jogou aqui. Ou algum desconhecido que ama perversão. Tô apanhando que nem um maluco nesse inferno e você deve tá...", lacrimejo um pouco. "Olha Lílian, vou arrumar um jeito de tirar a gente daqui, beleza?"

Ficamos abraçados. Meu pau endurece como ferro na brasa, Lílian recua, muda, sem língua, mordendo os lábios, me olha como um zumbi faminto por cérebro. Para ela, a trepada é uma salvação, uma benção contra demônios que o pai insistia em exorcizar. Lembro da irmã dela e recuo também. Para minha surpresa, Lílian pega no meu pau, segura com firmeza. "Ei..."

Eu a abraço com força, sinto sua boceta. Lílian revira os olhos, tiro a camisa dela, abaixo meu short e nos arremessamos na cama. Chupo o bico dos peitos dela, fico dando pequenas mordidas que a fazem tremer. Em segundos, estamos nus, lambo suas costas até chegar ao pescoço, onde fico despejando saliva como uma cachoeira. Viro o corpo leve da mulher, chupo a boceta cheia de nós, chupo o cu, subo e fico em cima dela, beijando a boca decepada. Lílian bota meu pau para entrar nela, carne com carne, estou grogue, dopado, até que recuo e enfio mais, gritando, ela revira os olhos, eu enfio e enfio e boto e coloco e arranco. Domino tudo, vencedor, Porco Sucio, um nome, sim, agora tenho um nome.

Olhem para mim, mãe, Wênia, pai, irmão, gordos políticos, me vejam, eu sou reconhecido pelos poderosos, serei amado, sou o Porco Sucio, e um rugido sai da minha garganta. Aperto a cintura fina de Lílian, ela não vacila, enfia as unhas na minha careca e meu desejo de a desmaiar com minha paulada aumenta. Coloco a mulher de quatro. Vou pra trás dela e aquele rabo enorme torna meus olhos vermelhos. Puxo o corpo dela contra o meu, ela de joelho e a polpa em evidência pra mim, todinha, sem filtro. Enfio sem dó, chorando. Lílian vai rebolando no cacete, talvez eu goste dessa menina, ame, sei lá, metendo, ela gosta de mim, não sei, metendo. Estou encharcado, excitado como nunca estive, ignorando as feridas abertas, psicótico, apertando a cintura da menina com tanta força que penso em quebrar o corpo dela em dois pedaços exatos. Lílian berra de alegria, o quarto faz eco, a caixa de som treme, Carlos Gardel canta suas *cabezas*. Frente a frente, boca com boca, olhos arregalados com olhos escancarados, gozamos trincando dentes, corpos exaustos. Eu tiro a costura de sua língua e um vermelho forte cobre nossos rostos.

"Acho que te amo", digo, livrando a costura dos meus dentes.

Se somos pecadores, abraçamos o inferno.

• • •

Betão me deseja sorte e o tal Mosquitão Loco começa chutando meu focinho de porco. Nessa hora, fico pensando: como será minha máscara? Olhinhos de porco, rosadinha, bonita? Ou sebosa, com restos de lavagem e tripas? O rival dá um soco no meu estômago, vomito um pouco e fico ajoelhado. Levanto e pego um chicote no teto. Ele consegue me desarmar rapidamente, recuo, ele corre na minha direção. Eu pego o microfone da tradutora e estouro em sua cabeça: o verme não sente nada, a máscara de mosquito o protege. Começo a saltar igual a um pugilista. Tento acertar a boca, ele se abaixa e atinge o meu queixo com o cotovelo. Tudo treme. Tento acertar a costela. Ele gira, chuta a minha. Bruce Lee ficaria com inveja. Tento o joelho. Ele levanta a perna e desce o pé no meu: escuto o barulho do osso saltando. *Braque!* Ele se prepara para o golpe final, busco força e agarro o pescoço dele. Aplico um mata-leão e, na areia, residimos. Eu com o joelho fora do lugar, e ele, morrendo e arfando. Aperto, como se meu braço fosse desintegrar e, após alguns segundos de esforço kamikaze, ele desmaia.

Meu nome é ovacionado, até gozo e cago de alegria. Betão me ajuda a levantar, mas acabo desmaiando de dor. "Porco Sucio...", eles gritam.

• • •

Minha perna está engessada, provavelmente ficarei longe das lutas por um tempo. Devoro meu café da manhã, assisto um pouco de luta, tento dançar um tango e a voz da caixa de som fala comigo.
"O joelho está como?"
"Doído."
"Se precisar de algum remédio, fala."
"Eu queria aquela negra de olhos verdes."
Não respondem.
"Vai demorar pra eu voltar a lutar?"
"Vai."
Dias comendo café, almoço e janta. E lanche da madrugada.
Ouvindo Gardel. Vendo UFC clandestino.
Digo que sou o Porco Sucio e preciso sair dali.
Começo a socar paredes.
Dias socando paredes.
Tentando quebrar a mão ou a mente.
Até que tiram o gesso.
Melhoro do joelho, o tempo passa.
Sou Porco Sucio, tenho um nome.
Vou lutando.
Vou trepando.
Vou respirando.
Vou ficando depressivo.
O tempo passa, meu cabelo cresce e eles não raspam.
Socando paredes.
Respirando.
Raspam minha cabeça de novo.
O tempo passa.
Luto algumas vezes.
Meu cabelo cresce.
Trepo com Lílian.
Trepo com o clone de Wênia.
Luto.

Fico machucado.
Trepo com uma aleatória.
Trepo com um cara.
Me recupero.
Vejo televisão.
Trepo com um cara que parece com um agiota que devo dinheiro.
Escuto Gardel.
Trepo com Lílian: nossos olhos dialogam.
Queremos ter filhos.
Apanho.
Bato.
Brocho.
Levanto.
Respiro. Mais ou menos.
O tempo passa.
E quem há de dizer que, neste ringue ou fora dele, há diferença? Quem há de dizer que minha vida não era a mesma coisa que estou vivendo aqui?

• • •

O Leão Hambriento me encara.
A plateia está do meu lado.
O cara é branco e tatuado da cabeça aos pés.
Betão dá umas tapinhas nas minhas costas. Observo as arquibancadas, o mesmo movimento de pessoas engravatadas. Entre elas, vejo uma que me conhece. Sim, é o Dudinha, olha só que desgraçado! Ele é um deputado paraibano com denúncias graves de agressão a ex-mulher e estelionato, o bicho é amigo do meu irmão, tenho certeza de que iria me reconhecer. Vejam só, o Dudinha. Que nojentinho, curtindo ver a merda alheia. Ele está eufórico, dando dinheiro e apostando no Leão, consigo ler seus lábios magricelas dizerem: "Vinte mil pesos no Leão Hambriento...".

Essa mistura de português e espanhol nos nomes é cômica. Será que quando o Açougue era em Berlim rolava misturar nomes em português com alemão? Nos camarotes, o movimento é o mesmo: sombras de homens contornadas por fumaças, homens pequenos. Vejo, de relance, as armas presas nos arames, e já penso em agarrar a minha favorita: o velho martelo de praxe. Acho que vai ser ele. Um dos caras de branco dá uma tapa na minha cabeça de porco e já deduzo que é pra não ficar olhando para os convidados.

"Do meu lado direito, o vencedor de seis lutas... Um dos campeões de popularidade por aguentar porrada como ninguém... Eis o nosso vencedor-perdedor favorito, aquele que abdicou das Humanas para nos provar que um murro vale mais que mil palavras. É ele, senhores de bem, o nosso amável e imundo comunista, Porco Sucio!"

"PORCO! PORCO! PORCO! PORCO! PORCO!..." Os sotaques internacionais se mesclam, uma globalização grita meu nome, a ONU, todos os países em uníssono berrando Porco Sucio. Não duvido que Trump ou Putin estejam por aqui. O Leão Hambriento fica irritado. A apresentação dele não foi tão encantadora quanto a minha.

Valendo. Pisco os olhos.

Volto a olhar ao redor, as luzes amarelas iluminando precariamente o Açougue, as grades e arames, tudo fica lento, vejo o Leão correndo pra cima de mim. Cada passo, um terremoto. Eu poderia deixar o murro dele deslocar meu queixo, vazar na areia e desistir, mas dou um rolamento, chuto suas costas e pego uma chave de fenda nos arames, desisto do martelo. Antes que pudesse me perguntar que porra uma chave de fenda estava fazendo ali, pulo nas grades, estico as pernas e impulsiono meu corpo em direção ao Leão.

Nunca enfiei algo com tanta força como essa maldita chave. E ela é enterrada no pescoço do Hambriento. Sua máscara primitiva entorta, meus pés alcançam o chão de areia e fico parecendo um samurai de costas para o oponente, cheio de pose, enquanto ele tenta, desesperadamente, arrancar a arma da jugular. Quando consegue arrancar a chave do pescoço, um jato de sangue dispara como uma mangueira ligada no máximo. Betão fica vermelho, assim como a tradutora, assim como eu, que me aproximo do oponente em convulsão e tomo um banho de morte, pensando no quão excitado estou. O sangue em forma de jato é meu, dos meus amores, descendentes e inimigos, dos putos que me colocaram aqui dentro, esse sangue e corpo é do Porco Sucio. Os aplausos encandecem o urro, o brilho é meu: um rito que nunca termina.

• • •

Os gemidos de Lílian aumentam com o tempo. A costura agora é rosa, penso em não arrancar dessa vez. Ela abre mais e mais a perna. Um compasso pornográfico. Eu a observo por inteira. Sussurro eu te amo, não sei por que digo isso, mas digo. Ela concorda com a cabeça, deita em cima de mim e me cavalga como um trem desgovernado. Eu fico paralisado. Ela entra em transe. Seus olhos verdes e insones me engolem. Me torno um servo, pedaço de carne, resto. Carlos Gardel não desafina.

• • •

A música mudou. Não sei quando aconteceu, mas mudou. Do nada. Acordei e lá estava, o rádio velho emitindo uma música nova. Perguntei o nome e, depois de alguns segundos, a voz na caixa de som falou que era Astor Piazzola.
 Estou há muito tempo aqui.
 Deve ter passado alguns anos.
 Meu cabelo já cresceu inúmeras vezes.
 Meu rosto está diferente, quase não me reconheço mais.
 Muitos remendos, plásticas, remoções, consertos, troca de dentes.
 Sou o monstro de Frankenstein.
 Chorei bastante ao som de Piazzola.
 Vuelvo al sur... Laralaralá lá lá lá...
 Tô cansado. Realmente cansado.
 Muito cansado.

• • •

"Apresento o novato do momento! É ele, belo, escravizado, torturado e irritado, é o magnífico Borboleta Campeón."

Magrelo, quase anoréxico, negro, sunga dourada e unhas imundas. Esses são os detalhes que posso ver através da minha máscara de porco, afinal, o que chama atenção mesmo é aquela borboleta cor de arco-íris na cara dele, contrastando com a pele. Ele pula, está meio nervoso, mas tem jeito de quem luta bem. Betão faz a apresentação, falando que o cidadão saiu das favelas do Recife, traficante, lanceiro, mexe com jogo do bicho e já matou mais de mil... Eu tento falar com o cara, ele me manda tomar no cu. A tradutora deseja boa sorte pra mim em inglês, fecho os punhos e me preparo. Betão inicia.

O Borboleta começa jogando areia na minha cara. A máscara protege, mas entra um pouquinho nos olhos, vou coçar e levo um chute no peito. Dou alguns socos, três, quatro, cinco, vou me empolgando.

"Dale, Porco."

"Go, go..."

Meu público amado vibra, aqueles que me idolatram e investem em mim. Levanto os braços para receber as honrarias e levo um chute, dois, quatro, vejo a mão do Borboleta pegar um pedaço de pau velho com pregos do teto de arame, o desgraçado detona aquilo na minha máscara. Ela se rasga um pouco, toco no meu rosto e vejo que a parte de baixo da máscara já era. Levo mais um chute no peito e caio na areia com cheiro de bosta de gato.

Em fúria, arranco a máscara de porco de uma vez e começo a rir: exponho meu rosto para todos. "Vocês curtem isso, né?", grito com os braços abertos, o Borboleta dá uma voadora na minha costela e aplica um soco muito bem aplicado na minha cara, frontal, direto, em cheio; meu nariz chora ranho. Grito: "Joguem seus dinheiros em mim, agora sou um lobo mau, auuuuuuuu!". Fico deitado na areia do ringue. O Borboleta coloca o pé no meu pescoço, aperta. Sinto seus murros vindo como uma avalanche de bigornas. "Alguém aí conhece meu irmão?", pergunto, antes de ter a boca amassada pelos socos.

Betão termina a luta.

Escuto o eco da minha penitência.

Todos me veem.

"Eu sou o Porco... Sucio... Por favor... me amem... sou tão sozinho, amigos... hahaha... alguém me conhece aqui... vejam minha carinha linda e estourada.... alguém me ama... eu amo... vocês... sonegadores, fascistas, ricos escrotos, pervertidos, capitalistas líquidos... então é aqui que vem parar os desaparecidos? Eu tô surtado, eu sei que tô, mas ainda lembro... lembro de tudo! Eu sei quem me colocou aqui dentro... Irmão? Faço parte das estatísticas, não faço? Eu sei de tudo... Eu e você, Borboleta, somos iguais, cara... somos a mesma merda que aduba essa terra de lunáticos. Só números, só fiapos, só... É isso, cara", sinto meu rosto esquentar, pingos de sangue afundando na areia. "É isso, só isso."

O Borboleta fica sem reação. Ele enfim relaxa o corpo e observa minha miséria.

"Acabei", digo. "Acabei."

Ninguém bate palmas nessa noite.

...

Acordo com um dentista fuçando minha boca.

Estou só de cueca, inchado e ferido, pra variar.

Na minha frente, dois caras de branco lembrando espermatozoides com suas posições estranhas. No meio deles, um homem alto, careca, com dois queixos de tão gordo, camisa polo listrada e shorts azul, chinelo Havaianas e um sorriso daqueles de mafiosos de filmes italianos. Ele se senta e começa a falar: "Você é o famoso Porco Sucio e a galera gosta de você". O sotaque é estranho, acho que é argentino.

"Você que me colocou aqui dentro?", pergunto, empurrando o dentista mascarado. Ele começa a andar ao meu redor, puxa meu cabelo e me joga no chão como um saco de batatas. Cospe em mim e chuta minha costela que já está ferrada.

"Lógico que não", ele cospe de novo. "Eu sou o faxineiro, cara. Cê sabia que não podia ir tirando a máscara na frente do público, hein? Filho de uma puta, cê quer acabar com os negócios?"

"Desculpa!"

Ele me manda calar a boca.

"Mas você tem sorte, porquinho", ele começa a andar e acende um cigarro fétido. "Aparentemente, você é querido de verdade pelo pessoal. Vamos te dar uma chance de provar seu valor."

"Eu sou alguém aqui dentro. Não quero sair, desculpa pela máscara... acho que foram os remédios, eles me deixam desorientado."

"Já era", ele bafora na minha fuça e eu começo a tossir. "Lutador que caga no pau precisa lutar pra ficar vivo, literalmente. Vamos mandar você fazer um trabalhinho, se tu sobreviver, cê volta pra cá. O retorno do Porco Sucio... A galera vai curtir pra caralho. Bem, algo me diz que tu não volta. Sabe por quê? Quando a coisa fica séria, raramente os ratos sobrevivem."

Ele enfia um prego azul descascado na minha nuca, dói bastante, pergunto o que é aquele negócio, ele começa a rir.

"É hora de sabermos um pouquinho sobre você, Porco, é hora de sacarmos se você vai dar lucro ou prejuízo pra gente", o careca sai do quarto gargalhando, eu tento chamá-lo, mas os caras de branco me seguram. Até que apago, solenemente, como um anjo caído, sem nem imaginar onde estarei daqui a pouco.

O diálogo com o careca do sotaque afetado me faz refletir: eu realmente pedi desculpas e disse que não queria sair desse abatedouro? Merda, a fama vicia. Aparentemente não me importo mais com quem me colocou aqui, só me importo em permanecer, em ouvir os gritos com meu nome, a vitória luminosa e os banquetes, as bocetas, cus e paus como troféus. Não consigo me reconhecer mais e não sei se isso é bom ou ruim. Nome, rosto, físico: uma massa abstrata e vertiginosa, um nó sem ponta, universo sem corpo. A única lógica possível é o ringue, a luta. Eu retornei à essência primária do bicho homem e me tornei um embrião suíno. O primitivo que unicamente vive para sobreviver. Vim para o mundo buscando um sentido nas coisas, mas percebo que sou apenas uma coisa em meio a outras coisas. Não há sentido, nunca houve, e agora só busco respirar sob os holofotes do abismo.

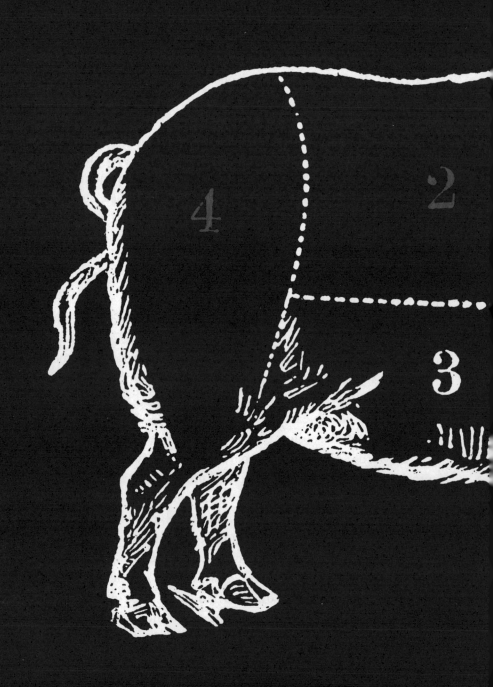

PARTE III
TIOGLICOLATO DE AMÔNIO

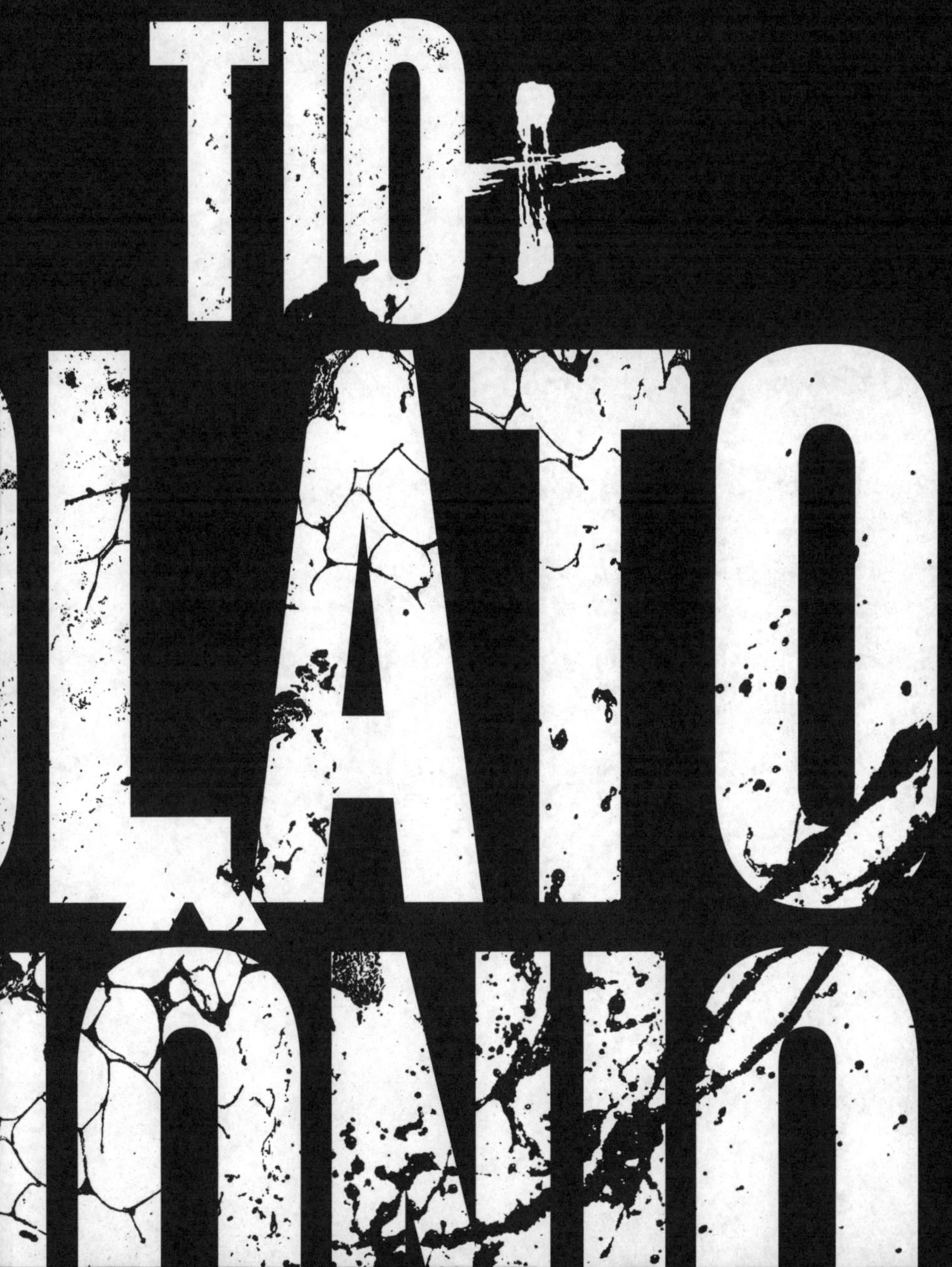

Não gosto de gente
Nem transo parente
Eu fui parido assim
— *"Nego Dito", Itamar Assumpção* —

A tristeza, a compreensão e a desigualdade de nível mental do meu meio familiar agiram sobre mim de um modo curioso: deram-me anseios de inteligência.
— *Lima Barreto*—

Minha nuca queima. Faíscas sobrevoam uma máscara de porco.

    Abro os olhos uma, duas, três vezes. Desperto do pesadelo. Ou mergulho no pesadelo? Não sei o que me deram. Alguém bate na porta dessa casa. Limpo e arregalo os olhos. Não sei ao certo se estou acordado ou dormindo. Ando pela casa estranha, tentando reconhecer o lugar, mas nunca estive aqui. Continuam batendo na porta, escuto gritos: "Abre essa porra!". Abro a porta e não há ninguém. Saio da casa e caminho por uma praia cheia de pedras. Ondas ferozes atingem as rochas. Uma nuvem escura grita relâmpago. Até que encontro um bar abandonado, daqueles que ficam na beira-mar. Só que esse não tinha sol, alegria, cerveja. Tinha vazio e mornidão. "Isso é um sonho?", pergunto para alguém, mas não há ninguém. Uma luz vermelha entra no estabelecimento através do forro de palha, que desaba como uma folha de papel sobre meu corpo.

    A luz vermelha, que vem do céu, vai crescendo até dissipar em um estalo estrondoso. Limpo as palhas que estão em meu corpo e vejo um homem sem olhos e nu caminhar lentamente em direção ao bar. Esse homem é meu pai. Ele anda até ficar na minha frente, como uma estátua. Ele lambe meu rosto e diz: "O seu gosto lembra os sonhos das crianças insanas". Ele ri. Faíscas vermelhas começam a sair dos olhos dele, enquanto diz: "Sou seu fã, filho". As faíscas aumentam, um som de serra elétrica invade minha audição, arde. Meu pai repete "Sou seu fã, filho" sem parar. Até que as faíscas cessam e ele diz: "Eu conheço três infernos, mas quero ver sete".

Tudo fica verde na minha cabeça e uma antiga memória me atinge. Uma cena sem sentido, sem merecimento de registro: eu e meu irmão no velório do nosso pai.

Mãe nos vê de longe, com os olhos pipocando de faíscas.

"Anomalia", ela sussurra.

Ela corre na minha direção, prestes a me atacar ou gritar comigo. Faíscas escorrem dos meus olhos.

Eu deixo de olhar pra ela e fico cego.

• • •

O canto da sala bolorenta, com papéis amassados, sacolas plásticas e baratas mortas, me olha. As paredes brancas descascadas, com trechos infinitos de durex mal removidos e quebradiços, me olham. O teto com teias de aranha e crostas brancas, que caem como pedaços enormes de neve, me olha. O piso alaranjado, que me lembrava o piso da casa da minha avó — recordo como se estivesse lá agora, mas não estou —, também me olha. Na cozinha, uma desordem de pedaços de comida em um saco preto enorme e aberto, pacotes de macarrão, arroz, pratos, embalagens de café. Na área onde fica a máquina de lavar, só há vazio. Saio dessa área, volto para a sala, vejo a janela com duas portas abertas, dando paisagem para o preto, um preto forte e grosseiro, pois, na frente deste apartamento onde estou, há uma parede preta, então me sinto diante de um castelo trevoso, casa dos vampiros, entre outras comparações estapafúrdias. O preto me engole por alguns segundos. Miasmas de estanque.

O que eles querem?
Ando agora pelo corredor do apartamento, as teias de aranha me consomem. O quarto de visita tem um colchão velho no chão — veja só, ele ainda está aí —, e não há mais móveis, só papéis e lixos, nem vida, eu não sou uma vida, só perambulo fantasmagórico, colchão com mais de mil histórias de corpos impuros. Saio do quarto, vou para o banheiro, tão impuro quanto. No vaso, há um treco preto como areias queimadas, larvas, muitas larvas, teias de aranha por todo lugar, restos de coisas que não sei definir. As larvas me engolem por alguns segundos. No quarto principal do apartamento, as lembranças batem e voltam, sádicas, abro as portas da janela, deixo o ar entrar e espantar o peso do abandono. Olho para o céu, toco no meu rosto e vejo a máscara de porco, rosto e máscara, não há mais diferença, tudo uma só coisa.

Percebo, finalmente, que estou no antigo prédio que vivia com Wênia no bairro dos Bancários, em João Pessoa. Terceiro andar. Na frente do apartamento, há uma loja de celular que o dono teve a brilhante ideia de pintar as paredes de dentro e de fora de preto. Uma avenida enorme na cidade cruzava nosso lar.

Caminho pelo apartamento abandonado e assombrado, remexo na lama das minhas memórias e lembro. Eu e Wênia sonhando em ter filhos. Eu disse isso para ela: "Eu sonho em ser pai". Planejando a vida. Estudando juntos. Concebendo planos impossíveis. Passávamos o dia ouvindo Alcione, Cartola e Grupo Revelação. Trepando, rindo e cozinhando. Celebrando a nossa tentativa de amor. Bons tempos, até que sinto um cheiro familiar. Claro que sim, eu lembro. Sinto um cheiro de amônio no apartamento abandonado. O amônio é o que puxa aquilo que decidi esquecer. Caminho pelo local inerte em busca da origem do cheiro. Corro de um lado pra outro, cozinha, sala, quarto, varanda, de onde está vindo? Como tudo isso começou, ascendeu e desabou sobre o forro de palha do meu juízo?

• • •

Foi assim que nasci, no dia 5 de julho de... não lembro o ano, mas foi em João Pessoa. Depois de nascer e aprender a viver com a minha família, aprendi a respirar. Tudo começa com a respiração. Fossas nasais, pirâmide nasal, a estrutura que forma a proeminência na nossa cara que é constituída de lâminas cartilagíneas. O septo nasal, os ossos que compõem os nossos narizes: o frontal, os nasais e os maxilares. Entramos neles, encontramos os pequenos fios sujos, os cílios, que são cobertos por um líquido pegajoso, o bom e velho muco. As pequeninas partículas de poeira e microrganismos do ar que insistem em grudar no muco e, com os movimentos dos cílios, que são despejadas para fora do corpo ou para a garganta.

A respiração, para minha família, ainda era algo mais fundamental. Uma família de negros, que buscava sobreviver de alguma forma, prevalecer em um mundo em chamas, se empoderar financeiramente e se tornar referência no bairro e na cidade. Há um léxico eólico nos negros, um ritmo exclusivo que as pessoas que não são negras não compartilham conosco e nunca entenderiam. Um conflito pelo ar, uma guerra pelo básico, uma luta pela respiração que faz com que nós tenhamos que falar mais alto, nos mostrar mais, sofrer de hipertensão, ser vistos como estressados ou monstros. Eu pensava que essa monstruosidade se dava pela forma como eu e meu irmão nascemos, mas não; todos os negros passam por isso, até o pai e a mãe com suas almas de branco, infiltrados, até eles não me enganam. Eu escutava a respiração afobada deles, aquele desespero que só a gente tem e entende. Eles nunca me enganaram, por mais que quisessem: eram e sempre seriam negros. E foi através da respiração, início e fim de um homem, que percebi que estava vivo, que era negro e que não seria fácil.

Nascemos. Cá estamos. Mas só nos determinamos um ser incluso na sociedade e com personalidade feita quando entramos no colégio ou em algum círculo que envolva outros humanos brancos e não brancos. Quando você pisa em um desses círculos e comprovadamente respira, bata palmas e grite: "Sou gente!". Respire novamente. Você ainda está vivo, não perca o sinal disso. A respiração é o marca-passo para sabermos se vivemos ou não. É o nosso guia astral da vida.

Por conta disso que a nossa vida começa no caos. O turbilhão de dúvidas e pensamentos flácidos. Amorfo e sem fundamento. Alguns conseguem contornar isso, outros ficam presos nessas dúvidas e se trancam em um tornado complexo, traumático e infinito. O nome disso é ensino médio.

A professora berrou meu nome. "Presente!", respondi. Ouvia sorrisos atrás de mim. "A voz de pato dele...", alguns garotos falavam, "patinho preto!" Gargalhadas na classe. A professora aparentava ser nova, apesar da saia gigante, do cabelo amarrado e da verruguinha no canto da boca.

"Silêncio, meninos!"

Todos ficavam quietos. Pequenos sorrisos ao fundo da sala.

Então chega o Paraíso, conhecido também como o final da aula. Na saída da escola, um dos meninos me empurrou. Loiro, baixinho, olhos pequenininhos, meio japonês, meio vilão. Seu nome era André — eu o odiava. Eu descobri que era negro por causa dele, porque eu era o único chamado de "preto fedido" na escola de classe média alta que meu pai colocou eu e meu irmão para estudarmos e sermos alguém na vida.

"Por que você tira dez nas provas e a gente não?", perguntava André com sua empáfia.

"Porque eu estudo."

Ele deu uma tapa na minha cabeça. Os olhos claros dele brilhavam sob a cabeleira bem penteada e loira. Ele me mandou parar de estudar, me puxou pelo cabelo e perguntou se eu escutei as ordens dele. Ele me chamou de "negão do cabelo pixaim" e, nessa época, eu ainda não entendia bem a minha própria identidade. Gostava de falar que era mulato, mas por que não me assumia como um negro? Difícil entender, juventude, cabeça em ebulição, tanta coisa, tanta. Desde pequeno, tanto por conta da minha família que recusava a própria raça, quanto pelas porradas que levava no colégio, pensava que ser negro e abraçar esse lado era um defeito.

Seja como for, apesar das ameaças de André, eu não parei de estudar. Apanhava bastante, mas tinha uma virtude que levei comigo até à vida adulta: eu nunca tive pavor dos mais fortes, e nem medo de apanhar.

O tempo passou, a infância foi embora, a adolescência chegava, mas minha vida continuava um lixo: ser surrado pelo André e seus comparsas, estudar e me trancar no banheiro, jogar videogame e me tornar um revoltado. O meu irmão já era a estrela da sala no primeiro ano do ensino médio. Pura arrogância. O popular. O negão limpo e de cabelo alisado, politizado, voz num tom agradável e aceitável para os padrões. Ele tentava controlar a respiração, sorrir em momentos que não queria sorrir, andar em linha reta, diminuir o nariz e os lábios enormes, ele tentava, até enganava os outros; não a mim. Meus pais o idolatravam. Ou melhor: os nossos pais. O mundo o idolatrava e crescer, para ele, foi uma dádiva, aquele que sabia o seu lugar, aquele que negava o que era em nome dos bons costumes.

Já eu, posso dizer que crescer foi doloroso para mim, um jovem negro que sabia e se assumia como negro. Na adolescência, ao contrário da infância, eu decidi abraçar o que a sociedade e a minha família viam como defeito. Abracei minha raça. Deixei o cabelo crescer. Liguei o foda-se e me tornei a famigerada ovelha negra da família. Estar ciente do seu não pertencimento é a oxidação da faca que corta seus pés.

...

Nossa casa mobiliada pelo melhor designer de interiores de João Pessoa, Afrânio de Almeida, brilhava com luzes amarelas e uma sensação de harmonia e requinte. Eu sabia que os vizinhos se perguntavam como esse povinho conseguiu comprar uma casa dessas. Meu pai gostava de ser o negro exemplar, de bater no peito que a meritocracia é a única possibilidade de um homem negro no Brasil. Minha mãe era uma preta frustrada, que terminou se encontrando no mundo da moda. Ambos sofreram e foram pisoteados, mas diziam por aí que nunca sofreram racismo. Nem os filhos. Uma típica família de classe média alta.

Alegres e dopados.

Eu gostava de pensar que eles eram meus pais adotivos. Sim, eu nasci de uma meleca qualquer, mas não nasci deles. A nossa biografia, quem faz somos nós mesmos. Um homem com boa memória não se lembra de nada porque ele não se esquece de nada. A memória é uma criatura com várias cabeças, um instrumento de referência e não um instrumento de descoberta. Uma usina tóxica com gosto de carbono. Já meu irmão, sei lá eu de onde ele nasceu, o que ele pensa ou pensava, sei lá o que ele fez da biografia dele; ele só existia, uma estátua perfeita para ser moldada. Um político exemplar, afinal de contas. Falava o que todos queriam ouvir, ouvia o que todos fingiam falar. O tioglicolato de amônio que ele enfiava no cabelo para manter alisado provavelmente mexeu com os neurônios dele. Aquele cheiro de química capilar se tornou o aromatizador dos nossos jantares em família. Até hoje meu nariz se entope só de lembrar desse odor esfumaçado e caloroso. Para meus pais, aquilo era "agradável". Esses jantares diários eu chamava de tortura: a comida ruim da nossa mãe, o cheiro de amônio do cabelo alisado semanalmente do meu irmão, o bafo de cansaço, gastrite e uísque do nosso pai, meu suor de frustração com os questionamentos deles sobre minha vida humilhante.

Na hora do jantar, sentávamos de maneira formal, sem curvar demais a coluna. Eretos. Rígidos e bem penteados. Depois de muito mastigarmos em silêncio, meu pai perguntou o porquê da minha cara estar torta e os meus óculos quebrados.

"Alguns meninos brigaram comigo."

"Me passa a batata", minha mãe pediu ao meu irmão.

"Briga?", meu pai perguntou.

O meu irmão ajeitava o cabelo crespo esticado como arame farpado num campo de guerra, e os olhos dele, dignos do veneno da mamba-negra, me encaravam com certo prazer sádico.

"Você briga no colégio?"

"Perdão, pai."

Minha mãe pegou a batata e jogou no prato de qualquer jeito.

"Quem eu sou?", meu pai perguntou.

Olhei para ele. Eu disse: "Dono da..."
"E sua mãe?"
"Estilista da..."
Ele bateu palmas. O meu irmão atendeu ao celular.
"Exatamente! E então você chega todo quebrado e torto? Como você acha que o pessoal do seu colégio vai me ver? Vai ver o seu irmão? A sua mãe?"
"Perdão, pai."
"O mundo é uma selva, filho. Se você não for o melhor, você não vence. Eu sou o melhor. Por isso vivemos nessa casa enorme com tudo o que queremos. Você não pode se rebaixar. Ouviu?"
"Ouvi."
"Você tem sobrenome", ele gostava de dar ênfase a isso. "Você é uma máquina de perfeição, rapaz! Não chegue machucado aqui novamente, porra. Olha pra nossa cor, você acha que podemos vacilar? Acha? Acha que eu posso sair falando *porra* no meio da rua que nem tô falando aqui? Qualquer deslize e tchau pra nossa imagem. Imagem essa que trabalhei tanto pra construir. Anos e mais anos. Eu e sua mãe."

Eu sempre chegava machucado, a diferença é que nesse dia a direção do colégio ligou para a minha mãe.

Mãe dá uma tosse elegante e não olha pra mim.

"Me passa o sal, por favor", o meu irmão pediu.

Continuamos comendo o silêncio.

Meu irmão mirou os olhos em mim e os transformou em desprezo.

O silêncio foi quebrado pelo meu pai.

"E você, hein...? Tô sabendo que foi eleito o presidente da turma. Parabéns, meu filho! Como foi a aula hoje?"

"Presidente da turma!", minha mãe interviu, alisando as bochechas do meu irmão. "Que lindo! Já vou mandar fazerem uma roupinha sob medida pra você ir arrasando pra aula."

Meu irmão sorriu; era o momento humilhação da noite. Do meu pai dizendo: "Viu, aprenda com seu irmão, ele é mais velho e sabe das coisas". Clichês diários e cotidianos de toda família. Aquela mãe amargurada que tentou ser modelo, mas o racismo da época a relegou a essa posição de frustração. Se tornou estilista de certo renome, mas sabia que todos a olhavam com asco por estar entre eles. Mãe sabia que a posição dela estava em eterno risco e descontava isso nos filhos, em mim, o artista da família, o negrinho que ainda não percebeu que precisava tomar mais banho que os brancos, que precisava alisar o cabelo, que precisava ser mais, aquele que pensava que só estudar e ser bom era o bastante. O falho. O porco. E ela lá, fashionista e meio morta, mostrando os dentes, fazendo perguntas tão vazias quanto as roupas que fazia para o meu irmão.

Uma família perfeita.

Antes de deitar, meu irmãozinho estava inerte na frente da porta do meu quarto. Um espião das sombras, eterno debochado, perpetuador de ódio.

"Você apanhou do cabeludinho da sua sala?"

Os olhos dele já me quebravam. Ele sabia humilhar pelo olhar.

"Foi."

"Cara, tu apanha desse maluco há anos. Não vai fazer nada?"

"Boa noite, fecha a porta."

"Posso ver se faço algo pra te ajudar, saco de pancadas. Conheço uns caras que podem foder com ele. André o nome dele?"

"Tanto faz."

"Enquanto você não me respeitar, você vai sofrer muito naquele colégio, otário."

A tensão aumentava no corredor.

Os meus pais conversavam no quarto deles sobre imposto de renda e sonegação.

"Tu nasceu pra apanhar, bicho. É isso?"

"Vaza, por favor."

"É isso."

"E para de passar essa porra no seu cabelo, fede pra caralho."

"Essa porra que me faz ser um deles. Painho e mainha já nos ensinaram como viver. Tu vai continuar sendo essa merda ambulante? Seu futuro já tá desenhado."

"O seu também."

Nosso pai amado se tornou uma vítima do dinheiro, nossa mãe amada vítima das circunstâncias. Meu irmão sabia, desde o princípio, o que nos tornaríamos. Ele só estava esperando o apocalipse chegar, e chegou: cá estamos nele. Meu irmão nunca errou.

• • •

Uma porta grande, plantada no meio de diversas outras portas idênticas, como se estivéssemos em um hospício ou em uma prisão, ambas representações críveis do dia a dia em um colégio. As portas estavam fincadas no enorme corredor branco, terrivelmente decorado com cartolinas coloridas e bandeirinhas verdes, amarelas e azuis. Teto branco, pastilhas azuis em partes das paredes, um cheiro de lavanda no ar. Diretora, professores, o pessoal da coordenação, rostos decadentes de salário mal pago para aguentar os burgueses escrotos e nanicos, ou os piores, os burgueses escrotos e grandinhos como André. No meio disso, a molecada gritando, eufórica, com a puberdade à flor da pele, e eu, plantado no corredor do colégio mais rico de João Pessoa, que nem sequer lembro o nome.

Cumprimentei alguns amigos nerds, todos branquinhos e inchados, eu lá no meio deles com meu black power, espinhas na cara, magreza estranhíssima e uma sensação de "o que eu tô fazendo aqui?". A sala de aula começou a encher. Todos gritando sem parar. André e outros rapazes de rostos angelicais e roupas bem engomadas começaram a zoar um moleque da sala, não lembro o nome dele, mas lembro que ele sofria mais que eu. Sempre há alguém que sofre mais, que apanha mais, que traumatiza mais.

Uma novata tinha chegado na sala depois da semana de feriado do Carnaval, o nome dela era Wênia. Garota alta e meio gordinha, olhos castanhos e lindos como um oceano calmo no fim de tarde ensolarado. Uma boca pequena, nariz fino e sotaque afetado do interior. Cabelos longos e pretos, rosto frio e com poucas reações, até lembrava um robô. Usava belos vestidos floridos e não falava com ninguém, meio inocente, camponesa de cidade pequena, um corpo estranho e precioso.

"O meu nome é Wênia Rodrigues e eu nasci em Monteiro", respondeu para a professora.

Infelizmente, eu nunca havia beijado ou tentado beijar alguma garota na época. Era o típico bv viciado em games, músicas estranhas e literatura existencialista.

Eu fiquei doido nessa novata. Muito doido.

"Ele tá gostando duma menina, pai", meu irmão disse. Estávamos no carro. Eu e ele no banco de trás. Olhei para ele com raiva. Minha mãe ficou calada. Meu pai começou a rir.

"Que maravilha, filhão! Ela é filha de quem?"

"Não sei, pai."

"Como assim, não sabe?"

Minha mãe colocou a mão na cabeça.

"Não sei, pai. Eu gosto dela e não dos pais dela."

Meu pai bate no volante. A buzina toca sem querer. Um carro que estava na nossa frente buzina também.

"Meu filho... em que mundo você vive?"

Silêncio.

"Não adianta você se relacionar com qualquer uma!"

"Entendi, pai."

"Chama a moça pra um jantar em casa. Daí a gente conhece ela melhor. Beleza?"

"Certo."

"Temos que saber a procedência das pessoas, você sabe, se vem de família boa, se..."

Meu irmão simulava uma gargalhada.

Wênia nunca falaria ou ficaria comigo. Uma garota empinada, limpa, afetada e linda falar com um magrelo, negro, alto, com cabelo desgrenhado e óculos grossos e tortos? Um par perfeito, hein? Se bem que, apesar disso, eu tinha um certo charme. Ele não era visível, mas eu tinha. No fundo, no fundo, eu tinha. Uma beleza exótica, talvez. Bem exótica. Os padrões foderam minha cabeça, eu sei, eu sei: meus pais foderam com minha cabeça e alguém fodeu com a cabeça deles, que fodeu com a cabeça dos pais deles. Um vórtice de fodeção que até hoje é visível em todos nós.

As semanas passavam e a tal Wênia reluzia no meu coração e no banheiro do meu quarto.

"Ela é linda", um amigo meu dizia.

Eu respondia: "Tira o olho! Eu vou me declarar pra ela". Eu repetia essa frase todo dia. E, todo dia, meu amigo tinha uma crise de riso. Wênia era tudo isso que pintavam, mas era bem esquisita também. Desconjuntada. Lia livros bons — de Charles Baudelaire a Sylvia Plath —, e fazia perguntas incoerentes e bizarras para os professores. Fora o lance dela não conversar com ninguém da sala direito, só sussurrava e ria feito um esquilo.

Por isso, eu me sentia confiante.

Meu irmão começou a deixar o bendito alisador de cabelo na porta do meu quarto. Ele dizia que me ajudaria a conquistar ela.

"Passa só um pouco, porra", ele insistia, "pra soltar esse bombril aí." Eu jogava fora, odiava o cheiro daquela merda, mas ele batia na tecla que a menina só ficaria comigo depois de eu dar um tapa no visual.

Lembro que minha mãe mandou fazer umas roupas para mim no ateliê dela. Isso era a prova de amor dela aos filhos. Roupas bacanas, camisas brancas, pretas, amarelas e vermelhas, calças jeans sob medida. Meu pai e seu discurso coach insistiam em dizer que eu precisava andar reto, cabeça levantada, perfume em dia, doses extras de desodorante no sovaco, ser um "cara maneiro", era isso que ele dizia.

Eu sei que a intenção deles era a melhor, minha família buscava sobreviver da forma que eles sabiam, mas eu tinha problemas com meu irmão. Assim como ele aparentava saber do futuro, parecia que eu sabia também, já suspeitava que ele se tornaria aquele político vendido, um papagaio de pirata, um merda que terminaria a vida se tornando senador e me sustentando, eu, o herói, aquele que abdicou de tanta coisa para se tornar um nada.

A vida é um labirinto sem saída, era isso que eu pensava quando olhava para o creme alisante da marca Esfera no pé da minha cama, me assombrando como um fantasma feito de amônio. E os fantasmas, como todas as outras coisas que não conseguimos deixar para trás, são uma entidade que nunca terminam de dizer o que têm para dizer. E este creme alisante é exatamente isso. Ele não fala, mas cheira forte e o cheiro me assombra até hoje, um fantasma que me lembra do que meu irmão foi e do que eu não fui, e vice-versa.

• • •

Panorama da manhã: acordar, tomar banho, café da manhã, me vestir e entrar no carro para meu pai me levar ao colégio. Quando chegávamos naquela prisão sem saída, a entrada ensopada de branco daquele presídio educacional me intimidava. Os degraus com lavanda, a porta de vidro, o dinheiro em cada instalação, a grandiosidade do nada.

"Tchau, pai."

"Não se esqueça de perguntar sobre os pais da garota. Não se envolva com lixos, ouviu? Lixo a gente joga fora!"

Ele falava bem alto mesmo.

"Tudo bem, pai."

Ele me segurou com força. Encarou os meus olhos, perguntou: "Ouviu?".

Concordei com a cabeça.

"Eu sei que pego pesado, filhão. Eu sei. Cê deve me achar um escroto, sua mãe também."

Fico calado.

Minha lembrança começa a descascar neste momento, como a tinta velha duma parede, pedaços e mais pedaços de pintura voando pelos ares, tetos, pisos, corpos. Meu rosto vai se tornando desbotado, o do meu pai vai se tornando branco.

"Nós te amamos. Sua mãe é doida em você. Caladona, eu sei, mas é doida em você. É que nós passamos por tanta coisa... Seu irmão acompanhou um pouco ainda, mas ele também não sabe. Muita coisa mesmo. Pra eu subir de cargo na empresa, conquistar o que conquistei, pra sua mãe... Enfim."

Ele se emocionou um pouco. Coloquei a mão no ombro dele.

Ele voltou a falar, mas não consegui ouvir mais nada, só: "Enfim, enfim, enfim..." Um loop infindável de enfins.

Então, estava no primeiro dos inúmeros degraus do colégio. Vi André na porta de entrada da instituição, bonitão, rindo com seus amigos e amigas, entre eles está Wênia, com uma camisa do Black Sabbath. Ela mostrava os dentes para alguém: nenhum torto. Eles conversavam sobre música. Eu curtia música. Ajeitei meus óculos e segui em direção do colégio, sem olhar para o grupinho nas escadas, enquanto um trovão vinha com tudo e uma chuva torrencial jorrava em cima de nós. Wênia me olhou, riu de forma simpática ou ácida, não sei se zoando ou gostando, e André deu um peteleco na minha orelha e disse: "Aproveita a chuva pra tomar um banho, negão, cê tá cheirando a porco". Risos. Tudo ficou lento, André tampou o nariz e apontou o dedo pra mim, o rosto de Wênia se tornou um buraco negro cheio de bytes e mais bytes de memória morta. Infindável, loop, ecos, enfim, enfim, enfim, enfim, enfim, enfim, enfim.

...

O ônibus 111 que eu pegava para ir ao colégio era um momento bacana. Entrar naquele mutirão de vidas ambulantes, todas em um lugar fechado, sendo uma só coisa, me animava. Minha mochila cheia de adesivos, o fone de ouvido em um volume médio, tocando algum hip-hop ou rock, os cabelos armados para a desonra da minha família. Assim ficava, de pé, olhando as pessoas e suas vidas passarem por mim a cada ponto e parada. Entre os garotos barulhentos e os velhos, eu vi uma garota. Olhos caídos. Saia e camisa de banda. Expressão de "não me toque". Não me parecia estranha. Então, percebi que Wênia estava em meu ônibus. De imediato, o suor começou a descer. O ônibus parou no ponto e pegou um idoso. Wênia colocou fones de ouvido. Uma moça loira e cheia de tatuagens esbarrou em mim. Ela tinha cheiro de coisa velha. Eu disse: "Pode passar". Segui para o lado de Wênia. Impetuoso. De uma vez. Sem respirar ou pensar. Ela continuava olhando para a janela, entretida na música.

"Oi."

Ela ouvia um rock. Identificável e barulhento.

"Wênia?"

Ela se virou. Um sorriso. Os dentes grandes se abriram para o meu lado, recuei.

"Oi, menino!"

"Como você tá?"

"Destruindo minha audição", ela tirou os fones. "E você?"

"Com sono."

Olho no olho. Risadinhas. Papo banal. Ela tinha o costume de falar olhando bem nos olhos das pessoas. Assustador. Apesar de dizerem que é legal você falar olhando nos olhos das pessoas, confie em mim: não é legal.

Wênia continuava me encarando. Os olhos lembravam bolas de gude, eram enormes, castanhos em excesso.

"Estudou para a prova?", perguntei.

"Mais ou menos. Odeio matemática."

"Somos dois, então."

O idoso ficou de pé e puxou o sinal. Ele saiu escorando nos bancos, desorientado. Wênia falou comigo, eu não ouvi. O ônibus parou. Ninguém se levantou para indicar a direção para o idoso. Wênia ficou me chamando e encostando no meu ombro. Acordei.

"Cê é bem desligado", ela sorriu.

"Como?"

"Desligado."

"Sou meio tímido."

"Você devia falar mais. Sua voz é bonita."

O colégio estava à vista e nós descemos do 111.

...

"Ela vai adorar, cê vai ver", meu irmão estava inclinado sobre minha cabeça com um pente fino encharcado de creme alisante, passando o treco no meu cabelo armado, sem parar. Tioglicolato de amônio pelo quarto, sala, banheiro, todos os cômodos, até chegar na maresia da praia: estávamos estreando a casa de praia nova em Camboinha, que nosso pai comprou após anos e mais anos de trabalho e babação de ovo. Ele e minha mãe estavam do lado de fora, sentados na areia, bebendo e felizes. No som portátil dele, tocava "Por una cabeza", do Carlos Gardel. Meu pai dizia que essa era a música mais linda do universo.

As fibras do meu cabelo sentiam cada passada do pente, esticando os fios, queimando as raízes e fritando meu juízo. "Essa porra arde assim mesmo?", perguntei. Meu irmão riu e disse para eu parar de frescura. Ele começou pela nuca, evitando passar o produto no couro cabeludo, mas, como fazíamos isso de forma precária, sentia a ardência do creme no meu couro vez ou outra, e, por conta disso, eu dava gemidos de dor e incômodo.

O volume era reduzido cada vez mais, abaixando a armação capilar, tornando, a cada penteada, um liso perfeito ou algo próximo disso. Após meu cabelo estar todo arrastado e lambuzado de creme, aguardamos um bom tempo para meu irmão lavar, enxaguar e passar o neutralizador.

"Só vai poder lavar o cabelo depois de uns dois dias, visse?", ele disse. Comecei a rir e disse que alisar o cabelo na praia não foi a melhor das ideias. Começamos a rir. Me olhei no espelho, meu irmão atrás de mim, éramos tão parecidos, a mesma coisa, caminhos diferentes, gêmeos ou algo próximo disso.

Nosso pai nos chamou, disse algo que não consigo lembrar.

Uma memória me atinge. Uma cena sem sentido, sem merecimento de registro. Eu e meu irmão saindo da casa de praia. Algo assim. Eu com uma toalha na cabeça; meu irmão com o pente lambuzado na mão; nós dois correndo para conversar com nosso pai. Ele correu na minha frente. "Cadê tu?", perguntei e não recebi nenhuma resposta. O cheiro de amônio predominando em cada cômodo da casa de praia e se tornando uma fumaça esverdeada que fez com que eu me perdesse do meu irmão de uma vez por todas. Corria pelos corredores que se tornaram labirintos, a música de Carlos Gardel mais alta à medida que eu andava.

"Cadê vocês?", perguntei e não recebi nenhuma resposta.

Escutei meu pai gritar: "Cadê você?". Meu irmão me chamava, até a minha mãe.

Eu não conseguia encontrá-los. O cheiro de química moribunda, derretimento de aço, fritura ensopada, tomou meu olfato e visão. A fumaça aumentou. Meu cabelo começou a cair, pedaços e mais pedaços de cabelo liso, lisos como um escorrego, lisos como o piso da casa que se tornava escorregadio.

Comecei a correr atrás das vozes, mas caía, levantava e caía de novo, eles não paravam de me chamar, "Oxe, ele sumiu?", "Tava com ele ali agora". A fumaça verde tomou meus olhos, rosto, corpo, casa, corredores, praia; eu, perdido no meio dela e sem cabelo, só pedaços ocos de pelos na cabeça descascada, "oxirredução", escuto minha mãe sussurrar, "sódio", "beleza", "estrutura", "agressão", e me desorientei até me afundar nessa intoxicação capilar, me perdendo de vez das vozes dos meus pais e do meu irmão, que se tornaram sons distantes, como pedrinhas caindo no piso de taco.

Nada restou, só os cabelos na minha mão e a música de Gardel se esvaindo na praia abraçada pela fumaça verde, que não parava de crescer e devorar o mundo ao redor.

• • •

Wênia disse que gostava do cabelo de antes.

"Isso aí vai ferrar seu couro cabeludo", ela disse.

"Minha mãe e irmão discordam dessa teoria", falei, rindo, e Wênia ficou discordando com a cabeça, repetindo o questionamento: "Teoria? Sério?".

Ela me empurrava com os enormes olhos, até que perguntei: "Ei, por que você anda com André?".

Ela abaixou a cabeça.

"Ninguém falou comigo quando eu cheguei. Por que você não veio falar comigo?"

Fiquei em silêncio. Ela havia ganhado.

"Vergonha."

"Tá vendo? Besta."

"Tudo bem."

"Eu ando com o André por não ter com quem andar. Simples assim. Ele é idiota, eu sei. Fica dando em cima de todas as garotas, mas, pelo menos, falou comigo. Espero que você pare de me ignorar agora."

"Ignorar?"

"Eu olho para você todo dia na sala e você vira a cara."

"Sério?"

"Seu tímido!"

Ela ficou rindo, me cutucando. O maior cego é o que não quer ver, frase comprovada.

"Não imaginava, Wê. Foi mal."

"Perdoado."

"Que tal sairmos algum dia. Um cinema talvez? Gosta de filmes?"

"Adoro."

"Ficar só conversando no colégio não tem graça."
"Você quer é me pegar no cinema, não é?"
"Para... claro... que..."
Ela deu uma gargalhada alta, olhou nos meus olhos e disse: "Estou brincando, besta! Ou não...".
Meus dentes apareceram, digo: "Você é bem gozadinha, né?".
"Olhaaa ele!"
"Sorte que eu sempre gostei de palhaços."
"E de palhaças?"
"Hahaha, como sou engraçadona!"
Ficamos rindo dentro do ônibus.

...

"E esse cabelinho de palha assada!?", dizia André na saída do colégio. Estava ao lado de alguns amigos, todos abaixaram as calças e mostraram os pentelhos para mim: loiros, pretos, castanhos, misturados. André tinha pentelhos loiros e grandes, enrolados como caracóis, ele apontou pro meu cabelo enquanto mantinha a calça abaixada: "São melhores do que essa porra na sua cabeça!". Todos começaram a rir.

Toquei no meu cabelo, o liso já estava começando a enrolar novamente. Antes que eu pudesse sair dali, André deu um soco na minha barriga, fazendo com que eu desabasse. Na minha cabeça, Wênia estava ali, em algum lugar, escondida e rindo da minha desgraça.

"Porco", eles disseram. "Porquinho do cabelo zoado."

...

Lembro que, em algum ano, minha avó Gavita ficou doente. A mãe da minha mãe. Quando chegamos ao hospital, a velha gritava e xingava todo mundo, não queria ninguém por perto. Alzheimer é um dos maiores horrores que uma pessoa pode enfrentar. Apagar os vestígios de todos aqueles que amamos é doloroso.

A grande comédia disso tudo é que ela queria falar comigo; vovó Gavita nunca foi com a minha cara, ela vivia babando meu irmão, chamando ele de negro sabonete, de lindo e perfeito. Eu era o neto que ela tinha que suportar, "já que você tá aqui, me dá um abraço".
E lá estava eu, sendo chamado por ela nos momentos finais.
"Vai, filho", meu pai dizia. "Não dê muita bola para ela."
Minha mãe deu um tapinha nas minhas costas e me desejou boa sorte. Meu irmão mexia no celular. O médico me puxou, disse que ela já estava me aguardando. Todos me olhavam como se eu estivesse indo em direção ao inferno.
Entrei no quarto.
Ele estava deitada e imóvel. Boca seca e olhos fechados. Anoréxica, com um pano negro em cima do corpo negro, pano esse que os médicos insistem em dizer que é uma roupa. Quando você diz oi para a sua avó e ela não responde, a única certeza que você tem é que ela não te ouviu. Era o que eu pensava antes: ela nunca me escutava, nunca. A culpa talvez fosse das novelas; ela botava o volume no máximo. Naquele dia, era dos remédios. Talvez da idade, que só avançava e maltratava.
Nós sempre arrumamos uma desculpa para não nos afundarmos em lágrimas.
Toco no ombro dela. A clavícula estourada. Osso em cima de osso. O que representa aquele corpo negro? Nunca parei para pensar nisso. Vovó passou por muitas coisas nessa vida, não foi? Vovó sonhava em ser cantora e todos riam dela.
Até minha mãe frustrada ria: "Mainha inventava cada coisa". Meu avô morreu de cirrose e minha avó que educou minha mãe e os dois irmãos dela, tios que nunca me dei o trabalho de gostar. O que representava esse Alzheimer que implodiu o cérebro dessa mulher que morria, vivia, morria, vivia? Representava anos de trabalho, abusos e traumas. Quem é você, vó Gavita? Acho que nunca perguntei isso. Só sei que ela cozinhava muito bem, amava mais o meu irmão do que eu, xingava a própria filha, mas mimava os irmãos vagabundos

dela e sonhava em ser cantora. Quem nós somos, vó? Ainda há história aí dentro? Um pedaço de pau largado. Tentei observá-la com olhos críticos e concluo que ela está viva.

O médico vasculhou a máquina que a mantinha respirando, até que minha vó suspirou lentamente. "Pronto", ele disse, "é hora do remédio." Minha vó me viu, mas não falou nada. Ela tomou os remédios e o médico começou a falar de coisas técnicas que nem ficavam na minha cabeça. Não lembro direito desse momento, é borrado, bruma preta que não dissipa.

Olhos fechados. Black power enorme. Costelas expostas sob a coberta do hospital. As pernas finas como palitos de dente. Os dentes enormes na bocarra. O silêncio sepulcral a rodeando. O sono eterno da vida dela deteriorada. Essa era vovó Gavita e ela esboçou um sorriso pra mim.

"Cê tá bem, vó?"

"Lógico que não. Vem cá, chega perto. Não mordo."

Quando me aproximei, ela imitou o rosnado de um cachorro e começou a rir como uma criança, em seguida tossiu bastante.

O médico falou para ela não se empolgar muito e saiu do quarto.

"O que você quer, vó?"

"Cê gosta de ler, não gosta?"

Fiz que sim com a cabeça. Vó pegou uma bolsa que estava ao lado dela, abriu e me entregou um caderno amarelado com escritos à mão.

"Esse é meu caderninho de poesia."

"A senhora escrevia?"

"Já viu mulher como eu escrever, moleque? Preta velha desse jeito? Quem dera. Ousadia demais, meu filho, ousadia demais. Pra mim, o negócio era saber limpar casa, abaixar a cabeça e casar bem. Dessas coisas, eu só fazia bem mesmo a parte de limpar, o resto eu fingia. Fingia pra sobreviver e não apanhar dos meus irmãos, do meu pai, da minha mãe. Eu fingia bem, acho que nasci pra ser atriz."

Folheei o caderno.

"Esse caderno aí, meu neto, tem poemas de outros poetas. Sempre gostei de ler. Ó esse", ela puxou o caderno da minha mão e abriu em uma página, "lê pra mim esse."

Comecei a ler o poema "Acrobata da dor", do Cruz e Souza.

Vejo que ela se emociona um pouco.

"Gosta desse, vó?"

"Se eu tô chorando é porque gosto, né, seu leso."

Fiquei sem jeito e voltei a ler o poema.

"É um poema triste", concluí.

"Sim, mas tem um bom ensinamento nele: 'E embora caias sobre o chão, fremente, afogado em teu sangue estuoso e quente, ri! Coração, tristíssimo palhaço'. Tá vendo? Ria da cara deles, mesmo na merda, ria."

"É... Temos que rir da desgraça?"

"Temos que rir sempre, acrobata. Você acha que a vida da minha filha foi fácil?"

"Da minha mãe?"

"Você é meio lerdo."

"Acho que não foi."

"Você acha que renegar seus pais te torna superior a eles?"

"Não."

"Acha sim."

Entreguei o caderninho para ela. Ela o devolveu.

"É seu. Eu vou morrer em breve. Mortos não leem poesia."

"Essa pele aqui", ela esfregou a mão no braço, "é sua identidade. Me ensinaram que eu não seria nada na vida por causa dela. E não fui. Então não escute o que eles têm a dizer, mas lembre que você não é melhor que eles por saber disso."

"Entendo."

"Não entende, mas um dia vai entender. Um preto não ataca outro preto. Seus pais fizeram o caminho deles, você faz o seu. O seu não é melhor que o deles, seu bosta. Cê acha que é fácil?"

"Não."

"Falta comida na mesa?"

"Não."

Ela passou a mão na minha cabeça e bagunçou meu cabelo.

"Você tá seguindo a vontade do seu irmão ou a sua vontade com esse penteado?"

Abaixei a cabeça.

"Seja você. Seu irmão tem o caminho dele. Seus pais têm o caminho deles. Você vai ter o seu. Nenhum desses caminhos é melhor que o outro e nenhum desses caminhos é certeza de sucesso. Você pode se dar bem na vida e seu irmão fodão pode se dar mal. Já pensou nisso?"

"Penso todo dia."

Começamos a rir.

"Seu irmão também rala. Ele fica lá parecendo um bonecão perfeito, mas rala. Né fácil, não."

"Duvido..."

"Deixa de ser idiota! O preto iludido é o que mais se fode. Seu avô era um desses. Como seu pai e seu irmão, saía pra beber com os amigos brancos, que o embebedavam, o faziam ser o bobo da corte da noite, o preto beberrão, o Tião Macalé deles, olha só que preto engraçado. E aí terminou morto de cirrose, largado numa vala lá em Puxinanã. Quem desses brancos foi no enterro dele? Nenhum. Nem o dono do bar foi."

"Não sabia, vó."

"Cê não sabe de nada, acha que sabe, mas não sabe. Seja um acrobata da dor, como ensina o poeta aí. Ria, dê seu jeito, desvie, ataque na hora certa. Não é fácil pra gente, sabe. Não é. Mas precisamos seguir em frente. Dê seus pulos. Não ataque seus iguais."

"Obrigado, vó."

Ela começou a piscar os olhos, de repente, como se estivesse esquecido o que acabou de falar, então despertou e continuou. "Te chamei aqui pra mostrar que você, apesar dessa cara de cu, tem chance de ser algo decente no futuro. Não pense só na bosta do dinheiro, isso muda as pessoas. Vê meu genro, seu papaizinho endinheirado. Um bosta de ser humano. Ele já falou sobre os pais pretos e fodidos dele pra vocês? Nunca. Tu e teu irmão nem sabem quem são seus avós por parte dele. O cara apagou o próprio passado por vergonha. Mas é isso, tá bom, cada um na sua. Caminhos e mais caminhos. A vida é pra lascar, não vou julgar, apesar de já estar julgando. Minha filha quis se juntar com esse preto safado que trai ela com umas branquelas, então fazer o quê? É isso aí, rapaz, seu pai trai sua mãe. Ela já me ligou várias vezes chorando. Mas foda-se. Fazer o quê? Pense em quem você quer ser, sabe, pois tudo é tão complicado. Eu queria ser poeta e cantora, mas, e aí? Virei uma dona de casa abusada dia sim e dia sim, não conquistei nada e passei uma vida me dedicando aos outros. Se você quer ser artista, liso, quebrado, mas realizado, então seja. Se quer ser cafetão, seja. A vida é só uma. Eu te chamei aqui pra... nem lembro, mas é que sua mãe fica falando na minha cabeça e cansa, eu é que sei, só eu."

"Quero ser professor."

"Como é?"

Dei um beijo na testa dela.

"Sem beijo, porra."

Comecei a rir.

"Cada round é um novo começo. Mas quando rola nocaute não tem mais começos."

Fico parado observando-a, pensando no que ela disse.

"Vaza daqui. Quer mais o quê? Uma punheta?"

Saí do quarto com o caderninho na mão, sorridente, meus pais e irmão me abraçaram. Até que a bruma preta nos cobre novamente, trazendo consigo sobriedade: meu irmão saiu do quarto da minha vó com um caderninho na mão, sorridente, meus pais o abraçaram. Pergunto se vovó queria me ver, meu irmão disse que o médico falou que era melhor ela descansar. Minha mãe concordou com meu irmão, e falou para visitá-la no dia seguinte.

"E esse caderno?", perguntei. Meu irmão me ignorou. "Não é da sua conta", e vamos embora. Não haveria dia seguinte; vovó Gavita morreu naquela noite. Fiquei repetindo no meu cérebro chamuscado:

se ela realmente tivesse tido essa conversa comigo, será que as coisas seriam diferentes? Como ela nunca havia me tratado feito gente, acredito que as palavras de despedida seriam aquelas que ela sempre proferia ao me ver: "Que roupas são essas, menino?".

A minha imaginação é um nocaute.

• • •

O ônibus vazio. Algo único e raro. Wênia me deu um selinho. Retribuí. Estávamos nos dando bem.

"Já disse pra você reclamar com a diretora. O que seus pais acham disso?"

"Eles tão nem aí."

"Seu irmão não é presidente de turma, popularzão, sei lá. Era pra ele te dar uma força, velho."

"Ele quer que eu seja igual a ele. Que me vista como ele. Que me penteie como ele. Só me ajuda se eu babar o ovo dele. O caralho que vou fazer isso. Ele que se foda."

"Calma, só quero ajudar."

"André é um bosta, mas geral passa pano pra ele, até você."

"Eu não passo."

"Wênia."

"Fala, tímido."

"Se eu tivesse falado com você no primeiro dia de aula, você falaria com o André?"

Ela encostou a cabeça em meu ombro.

"Sei lá."

"Mesmo sabendo o que ele faz comigo, tu ainda quer andar com ele?"

A cara de Wênia se tornou uma nuvem de dúvida, ebulição e caos. Não escutei resposta.

"Wênia."

Minha cabeça doía e tudo vibrava, o ônibus começou a tremer, o céu se tornou verde.

"Oi."

"Você é linda."

Ela me puxou e me beijou. A pegada foi boa, os braços dela me agarraram como se eu fosse a última coisa viva do mundo. A língua era doce e ágil, nos abraçamos dentro daquele cubículo que nos levava ao colégio diariamente. A tremedeira passou. Ela passava a mão pelo meu rosto, eu coloquei a mão na cintura dela. Um beijo eterno.

O tempo parou.

Nessa época, nunca imaginei que viveríamos juntos. Que estudaríamos Letras. Que Wênia se interessaria tanto pelas questões raciais, que escreveria uma monografia sobre a violência, o corpo e a memória em *Amada*, da Toni Morrison, e eu uma monografia sobre Cruz e Souza. Escreveria sobre o satânico e a marginalidade nos poemas dele, sobre o Brasil do século XIX, a dificuldade de reconhecimento de uma atividade marginal como o trabalho poético, fora o preconceito que Cruz e Souza sofria por ser negro: um ser hostilizado por todos os lados.

Um poeta que visionou antes de ver, paradoxal, pois nasceu de pais escravizados, mas foi criado e educado pelos proprietários dos pais, homens brancos, o Cruz veio do seu lado negro, o Souza do seu lado branco, um homem dividido. Essa divisão eu sentia na alma, sentia em mim e naquele que praticamente via como um irmão siamês, sim, meu irmão abraçou o lado branco da família, que não era um lado de sangue e de pele, mas de sociedades, códigos, pactos fáusticos e apertos de mão, do falar burguês e empresarial, o caminho que meu pai negro seguiu para poder prosperar ao lado da esposa negra: se aliar aos brancos das empresas canibais e abaixar a cabeça na hora certa, transformar esses caras em sócios, se tornar uma figura maleável aos desejos deles, não deixar o cabelo crescer demais, e caso deixasse, alisar, mergulhar os mais de mil nós duros em amônio e esticar até receber o aval da sociedade.

Inebriar a vida e criar personas para poder lidar com o mundo.

Cruz e Souza, para mim, era isso: eu e meu irmão, duas visões de mundo, dois países, duas formas de viver. Cruz e Souza foi um negro que buscou ser o que ele era, mas em conflito sobre o que ele mesmo era. Se reconheceu se desconhecendo. Percebeu a sociedade escravista que o oprimia, mas não os caminhos contraditórios de seu desejo de inserção no mundo dos brancos. O dilema da duplicidade foi o aspecto que marcou não só a vida, mas os versos dele.

w.e.b. Du Bois, sociólogo que li por indicação de Wênia, dizia que a existência negra vive uma dupla consciência. O negro precisa navegar e dominar os códigos de dois mundos, o dele e o dos brancos, oscilar e se adaptar constantemente entre eles. O branco não passa por isso, pois o universal é branco, a norma, a regra, o normal. Então, Cruz e Souza — assim como, talvez, minha família — quis se incluir na sociedade vigente, entrar na torre de marfim cuja cultura ideológica muitas vezes é incompatível com a identidade negra. Uma batalha eterna e até hoje sem aparente saída ou solução. Aceitar ou não aceitar o pacto? Cruz e Souza aceitou sem aceitar, um recorte do Brasil, dúbio, paradoxal, um sobrevivente. Os versos dele me iluminavam como um incêndio na pele. Me confundiam, me explicavam. Me faziam acreditar que era possível: o mundo pode mudar, pode haver luz, talvez não para mim, mas para alguém que esteja por aí, no futuro, perambulando sem rumo.

As mil vozes de Cruz e Souza me instigaram até a reta final do curso de Letras, mas, na hora de cruzar a linha de chegada, eu travei. Terminei a monografia, mas a aniquilação do meu equilíbrio e um forte sentimento de "não sou capaz disso" tomaram minha visão. Meu pai, minha mãe e meu irmão não ligavam para mim e riam da minha escolha de curso. Wênia me apoiava, mas sempre me perguntei: até onde ela se importava comigo? Será que era cômodo para ela namorar com um negro fracassado? "Olha só como meu namorado vida louca se esforça, eu o ajudo e olha só como ele é bonitinho e até que inteligente pra cor dele." Será que isso pegava bem com suas amigas desconstruídas? Principalmente para se mostrar para a melhor amiga paulista, branquela e metida a compositora, que nunca pisou em um terreiro e gravou disco cantando samba pra Oxum. Será? Nunca vou saber a resposta. Não importa mais. Só sei que deu uma doideira em mim e tranquei o curso, e decidi investir meu tempo em trabalhos voluntários na periferia. Meus pais surtaram. Meu irmão me bateu. Um branco com tédio e depressão é bonito, vira até estilo de banda de rock. Um negro com tédio e depressão é vagabundo. Só brancos têm direito a ponderações sobre sua saúde mental. Só brancos têm direito a sentir tédio. Só brancos podem ter dúvidas sobre o que fazer da vida.

É o que meu pai dizia: "Nós não podemos errar".

Para evitar maiores confrontos, decidi seguir o caminho empresarial da minha família para acalmar os ânimos em casa, escolhas aleatórias pra tentar se encaixar neste mundo em ruínas. Mudei de curso e entrei em Administração. Pensei, na época, que podia ser bacana, quem sabe abrir uma microempresa na favela, oferecer cursos para o pessoal de lá, investir em educação. Wênia gostou, até me emprestou grana, assim como os agiotas, amigos, inimigos, família, todos me emprestaram dinheiro, fosse pra pagar a faculdade — não passei em uma pública e entrei em uma particular —, fosse para pagar as contas. Comecei a viver só para constar, respirar só para ver Wênia falando sobre os projetos dela. Me tornei um nada, só pairava, evitava sair de casa e tinha medo de ir ao banco: dizia que os seguranças iriam me impedir de entrar e me espancariam.

Wênia seguia a maré. "Faz o que você gosta, rapaz", ela dizia. "Acredite em você, rapaz", ela dizia. Enfim: Wênia abraçaria a minha causa, as minhas bandeiras, os raps que eu fazia com os alunos da escola pública, que comecei a lecionar aulas de Português, entre outras invenções típicas da minha inquietação. Muitos desses raps que produzi com eles eram versões musicalizadas e experimentais dos poemas mais viscerais do Cruz e Souza. Me empolguei com o resultado, e cheguei a gravar alguns EPS com esses alunos, além de uns rappers das periferias de João Pessoa e Campina Grande. Fazíamos um som apocalíptico, pobre e que glorificava as entranhas da sociedade. Baixo grave, vocal berrado, rimas tortas, bateria fora do tempo, guitarra desafinada, beats e flows esquizofrênicos e sem pé nem cabeça: era o som da minha mente. O que nós éramos, afinal, representava o que restou de um universo que claramente havia acabado faz tempo. Nossa música precária gritava: "O futuro é agora, o futuro acabou". Uma espécie de Death Grips tupiniquim, sem ressalvas, sem freios.

Ensinei a eles que não fazia sentido abraçar a causa negra sem curtir o que os negros produziam. Muitos deles abandonaram as referências do passado e abraçaram novas. Pegaram a visão. Mostrei aos meus alunos a produção artística de homens negros e mulheres negras. Musicalizamos suas criações e pensamentos com urros, rimas. Aprendemos a nos achar e minhas aulas se tornaram pontos fora da curva, diferentonas.

O resultado disso foi minha demissão da escola pública. "Má influência", disseram.

"Que piada essas músicas doidas", dizia meu irmão aos seus amigos de terno. "Seu irmão vai virar artista agora, é? Professor, pelo menos, recebe salário, puta que pariu, bicho, ele não cansa de passar vergonha?" Todos riam da minha cara, assim como meus pais, mas Wênia estaria ao meu lado nesses momentos também, vá saber o motivo, seja hipocrisia ou amor, mas ela estava lá de mãos dadas comigo. Será que era amor? Merda. Em todas as minhas derrotas e no velório do meu pai, lá estava Wênia, batendo de frente com meu irmão e minha mãe, me abraçando até eu azedar de uma vez por todas, até eu me tornar a metáfora da blasfêmia, aquele amônio delirante que nunca mais passei no cabelo desde que ela disse que gostava do meu cabelo de antes, desde que eu percebi que meu caminho era diferente do caminho da minha família.

Wênia não me abandonou, eu a abandonei? Eu que deixei a frustração de uma vida sem grandes vitórias me transformar nisso, um porco infernal, uma coisa que nem pode ser chamada de gente, sei lá se sou preto ou branco agora, provavelmente preto ainda pela forma que todos me olham. Só sei que ela tentou, eu sei que sim, aliás, eu acho que sim, eu tenho dúvidas, eu juro que não sei. Arde, mas o monstro que tanto me nomeavam terminou ganhando carne, osso e concretude: é isso que sou hoje.

Olhem, aplaudam, fujam.

Não é questão de certo ou errado, penso enquanto beijo Wênia no passado, penso enquanto tudo desvanece e minha memória se perde naquele momento, mas é questão de escolha. Eu errei, meu irmão errou. Ambos batemos na parede em nossas estradas, ambos fracassamos à sua maneira, ambos entramos em um ringue clandestino qualquer, lutamos pela nossa vida e nos vendemos para nos incluirmos em algum nicho, até estarmos diante de um vazio branco infindável e sem saída. E nossos pais talvez tenham batido de frente com essa parede também. Não há como fugirmos dela.

O beijo acabou, o ônibus chegou ao colégio.

"Mesmo sabendo o que André faz comigo, tu ainda quer andar com ele?"

Wênia não respondeu.

...

Quando cravei trinta anos, morava com Wênia, e meu irmão era deputado federal e morava em um arranha-céu em Brasília. Neste período, ele já era graduado em Direito e mestre em Políticas Públicas. No longo percurso político, ele se mostrou um estrategista afiado em suas ações, ao pagar de progressista só para ascender ao poder. Citava Frantz Fanon e Carolina Maria de Jesus nos seus discursos antirracistas para angariar votos dos estudantes. Dois autores apresentados por mim através de Wênia. Ele abraçava sua negritude nos palanques e no meio das ruas para angariar votos da comunidade. Gritava até perder a voz, até perder as forças. Foi um dos deputados federais mais bem votados do Brasil.

Seguiu assim até ver que não precisaria mais da esquerda, decidindo então se mesclar no epicentro do poder do país: os lobos em pele de cordeiro. Ao chegar no topo, amaciou o discurso, cortou o cabelo, se tornou mais um do rebanho, e, quando se envolveu com o que havia de pior na política nacional, soube se calar e servir de bichinho de estimação dos brancos engravatados. Ele fez do jeitinho que nosso pai nos ensinou, e assim foi seguindo sua carreira de sucesso, rumo ao Senado, rumo à presidência de estatais, rumo à riqueza, enfim. Abaixando a cabeça e levantando na hora certa. Um chacal preto. Não sei se o invejo ou se o odeio.

Outra novidade nesta época de mudanças foi a morte do nosso pai. Não tenho lembranças exatas desse dia, mas recordo da popularidade dele. Ao contrário do velório do nosso avô, preto, pobre e alcoólatra, o velório do nosso pai, preto, rico e alcoólatra, estava entupido de gente do seu trabalho e círculo de amizade, e a única coisa que vinha na minha cabeça era: "Quando eu morrer, espero que tenha tanta gente assim". Nunca fui inocente, sabia que poucas pessoas velariam meu corpo. Wênia, nessa época, já mostrava sinais de que iria pular fora do meu navio quase naufragado, meu irmão estaria lá pela obrigação, minha mãe, caso ainda estivesse viva, poderia ir, se estivesse de bom humor. Confesso que puxei a desgraça para mim, seja através do vício em cachaça, drogas, putas baratas e caos, seja porque eu mesmo comecei a deixar de me importar tanto com eles, com todos que me rodeavam.

Falta de vontade para dar aula e procurar emprego, cansaço, uma depressão fantasmagórica me abraçou e não fiz muito esforço para me livrar dela, nem as pessoas ao meu redor me ajudaram a cuidar dela. É isso que pensava quando via meu pai no caixão, aquele preto de quase dois metros sendo puxado pra terra que tudo devora. Os lamentos, burocracias do além, minha mãe com um véu nem sequer olhava pra cara dos filhos, meu irmão ainda teve o bom senso de ficar abraçado comigo, simulando sermos uma família unida. "Velha escrota", era isso que eu sussurrava, e meu irmão, dando tapinhas nas minhas costas, dizia: "Deixa disso".

Minha babá: é isso que meu irmão se tornou.

Em nossa casa em João Pessoa, aconteceu o cerimonial do velório. Comes e bebes. Todos de preto. Poucas palavras. Um servo aparecia com um galão de água e oferecia para os convidados. Ele derramou o líquido em mim, sem querer, e dei um grito de raiva. Wênia viu de longe, mas conversava com minha mãe. Meu irmão repreendeu esse ato com a cabeça, dizendo: "Sempre frouxo". Respondi na lata: "E essa música clássica? Tenho certeza de que foi sua ideia. Um negão desses escutando música clássica, e eu que sou o frouxo?". Nós dois começamos a rir. Ele parou de rir abruptamente e ficou olhando para mim.

"Cê vai ficar muito tempo aqui ainda?", perguntei. Ele mastigou um pedaço da torrada que estava na enorme mesa de tira-gostos e disse que voltaria para Brasília em alguns dias. "João Pessoa é quente demais pra você?", ele riu da minha pergunta e disse que trabalho é trabalho.

"Como anda a política por lá?", perguntei sem interesse.

"Mesma merda. Melhorou um pouco depois que ele entrou. E melhorou ainda mais depois que entrei no partido dele. Mas agora ele saiu do partido e, enfim, no final das contas, a mesma merda. Sabe como é, né? Uma bagunça."

"Já te disse, brother, o Brasil acabou em 2012. O que escutamos hoje é só a caixa-preta do país reproduzindo os áudios dos mortos. É um circulo vicioso. Tu não se cansa desse troca-troca de partidos? É como pular de uma sepultura pra outra. Tamo fodido lá e cá."

"Ai, ai, ai. Lá vem você de novo com esse papinho de professor desempregado."

"Consegui um emprego, otário."

"Cê tá fazendo caridade, irmão. Já te disse, com o teu currículo tu podia fazer tanta coisa. O que a Wênia acha disso? Ela passou num concurso, então escuta o que eu tô dizendo: uma hora, ela vai pular fora. Cê não mostra dedicação, só quer ficar nesses projetinhos sem retorno e..."

"Pai morreu e já assumiu seu corpo, foi?"

Ele abaixa a cabeça e segura a risada.

"Da minha vida, eu cuido. A gente devia tá falando dele, né? Olha só como esse velho de merda foi importante pra nossa vida", falei.

"Para com isso. Nossos pais fizeram o que podiam pela gente. Cê sabe."

"Fez o quê?"

"Olha ao redor."

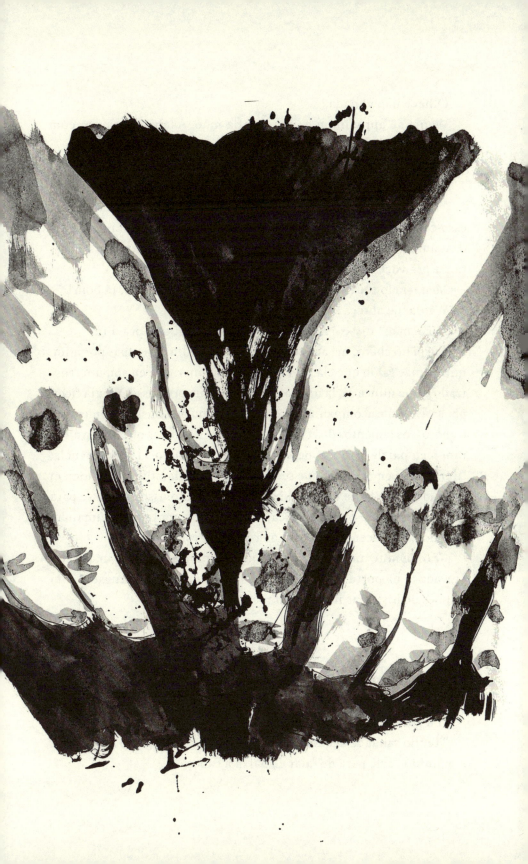

Olhei e não vi nada.

Wênia se aproximou com a minha mãe. As duas estavam com cara de luto, tristonhas.

"Que cara é essa, meu filho?", minha mãe perguntou.

"Cara? Sei lá, tô de luto. Deve ser isso", respondi.

"Você não tá de luto. É uma cara de desprezo. Você sempre teve essa cara de quem se acha melhor que os outros. Não tá gostando da comida, da recepção, da sua família aqui. Não somos bons o bastante pra você, é isso?"

Meu irmão toca na mão dela e diz: "Mainha, mainha, tá bom".

Wênia me abraça.

"Não, mãe", disse, "vocês não são bons o bastante pra mim."

Cuspi no chão e me afastei deles. Wênia pediu desculpas por mim, minha mãe falou que ela deveria me abandonar, que eu sou um frustrado e que nunca seria um pai de família que prestasse. Wênia ficou pensativa e me acompanhou até a saída. A música clássica aumentou, o choro e os lamentos dos falsos desafinaram; pessoas que nunca amaram meu pai de verdade, pessoas que estavam ali pela conveniência, "um grande empresário que se vai", "um pai de família", "um homem honrado", "um baita negão". Lixos, todos eles, foi isso que disse para Wênia, disse que precisava ficar sozinho por um tempo, fumando, bebendo, esquecendo que essa merda tinha rolado.

"Também te amo, mãe", pena que ela nunca escutou, mas ficou cravada lá na porta com aquele rosto preto marcado, enrugado, com bilhões de histórias nunca contadas.

...

"Lembra de quando painho levava a gente pra Areia Vermelha?", ele pergunta, tomando um gole generoso.

"Eu gostava da praia do Golfinho."

"Tenho saudade daquela época. Tudo era fácil. Painho ainda vivia e mainha...", ele para de falar e abaixa a cabeça.

"Nem fale de mãe, mano. Não quero ver essa velha preta nem pintada de ouro."

Meu irmão pensa antes de responder. Parece querer ganhar tempo. Falar de família sempre foi assunto delicado. Ele vai caçando alguma palavra na cabeça, cavando a memória, buscando soluções, como sempre fez, mas acaba dizendo: "É foda, sei que o último encontro de vocês não foi massa, mas nunca foi fácil pra ela nem pra painho".

"E você sabe o porquê de não ter sido fácil?", prossigo.

"Lá vem você..."

"Você nega a sua história, mano."

"Eu nego a minha ou você nega a sua?"

Tirei uma carta do meu sobretudo, do nada, no meio da conversa. Ele ficou assustado. A carta estava encharcada por causa da chuva. Ele começou a ler a carta, ficou sem reação ao terminar.

"O que cê fez?"

"Não lembro. Mas provavelmente não andei na linha."

"Deixa de brincadeira."

"Eu juro que não lembro."

Ele ficou pensando no que acabou de ler. Minha respiração estava descompassada, uma espécie de cansaço caía em meus ombros.

"Wênia era a única pessoa que te aguentava nesse mundo."

"Falou bem: aguentava."

"Cê deve ter pisado bonito na bola dessa vez."

"Foi."

"E aí, qual o plano?"

"O apê dos Bancários é dela, né? Então, sei lá."

"Vai voltar pra João Pessoa, pelo menos, ou vai ficar aqui no Rio?"

"Ela comprou uma passagem só de ida pra mim."

"Eu tenho um apartamento ali por Cascadura. Fica lá por um tempo e vê o que rola."

"Sério?"

"Para de ser cínico e dissimulado, tu já é velho pra isso. Cê veio me ver aqui já sabendo que eu te ajudaria. Tá devendo dinheiro pra ela?"

"Um pouco."

Meu irmão balançou a cabeça negativamente.

"Enfim, separação faz parte da vida. Mas tu é foda, viu, olha..."

"Sem sermão. Pelo menos por enquanto. Por favor."

"É que você..."

"Posso te contar uma história?"

Ele disse que não tinha tempo.

Uma memória antiga me atingiu. Uma cena sem sentido, sem merecimento de registro. Eu e meu irmão correndo pela nossa antiga casa em João Pessoa. Éramos moleques.

"Entendo", respondi.

"Eu também entendo."

"Entende?"

"O que aconteceu com a gente?"

"Como assim?"

"Nossa cabeça. Eu tenho grana, beleza... mas a nossa cabeça, velho. Parece que deu um curto-circuito aqui dentro. Fico pensando se painho e mainha pensavam sobre isso também."

"Não tô te entendendo."

"Talvez não seja nada mesmo."

Fiquei calado.

"Pensando aqui que... sei lá. É tudo tão vazio."

Ele olhou ao redor da sala que mais parece uma praça com plantas cobrindo o piso, estátuas de anjos e uma mesa quadrada no meio de dois anjos mijões.

"Cruzes, falei como você agora", ele riu e disse que ia pegar a chave do apartamento em que eu poderia ficar.

"Qualquer coisa fico aqui hoje, irmão, sem estresse."

"Não."

Ele entrou em uma das portas da sala e sumiu.

Fiquei ali, no meio daquela ostentação grandiloquente, sozinho com os servos, pensando no momento de fratura da minha vida, aquilo que nunca contei para o meu irmão nem para ninguém. Eu lembro: eu e Wênia em nosso apartamento em João Pessoa, brigas e gritos em cada cômodo. Ela implorando para eu sair da vida dela, dizendo que tentou estar ao meu lado, mas que é impossível. Embriagado e drogado, eu rebatia dizendo que ela só queria me mostrar pras amigas branquelas dela, me usar como um troféu. Que ela nunca fez nada por mim de verdade, que só gostava de me ver na merda, me ver fracassando em cada uma das investidas da minha vida. Wênia chorou, disse que minha mãe tinha razão, que eu só penso em mim, egoísta de merda, foi isso que ela disse, e, depois, falou que ficou grávida de mim no início do ano e perdeu o bebê, aborto espontâneo.

"Eu fiquei péssima, mas logo percebi que foi o melhor e não contei nada pra você, sabe por quê?" Fiquei travado, aguardando o golpe derradeiro. "Porque sua mãe tem razão, você nunca será um pai que preste, você nunca vai conseguir constituir uma família, seu preto de merda, quebrado, você é uma decepção e graças a Deus que eu não pari um filho seu!"

Ela percebeu o que acabou de dizer, começou a chorar e pediu desculpas, me abraçou com força, gritando que me amava muito, mas que não dava, que me amava, mas que era impossível. Eu desabei, teríamos um filho nessa vida. Não mais. Tudo quebrou na minha cabeça.

"Você nunca me amou", sussurrei.

"Amei, seu bosta. Não fala merda, porra!"

Eu comecei a gaguejar: "Você não sabe de nada, sua escrota. Você sabe que eu sempre quis ser pai! Por que não me contou, caralho, por quê?!". Deixei ela no chão, ajoelhada e engolindo o choro. Ela pedindo pra eu me olhar no espelho, ver o que me tornei, ver que realmente não dava mais. Corri como um lobo cego pelo apartamento batendo nas paredes, berrando, claro que eu queria ser pai, claro que eu queria ser normal, ter uma família, reescrever minha biografia.

Fui ao banheiro e me olhei no espelho: ela tinha razão. Até que acordei desse transe. Talvez ela tenha tentado, eu sei que sim, aliás, eu acho que sim. Olhando para o cenário branco colossal que me engole, lar do meu irmãozinho, lar que me oprime, olhando pra essa solidão toda, eu juro que não sei. Só sabia que não queria mais me lembrar deste dia com Wênia. Um dia onde qualquer possibilidade de futuro se rompeu.

Eu sei que ela tentou. Acho.

• • •

Nossa mãe foi morar em um asilo no interior do Rio de Janeiro, bancado pelo meu ilustríssimo irmão. Desde a morte do meu pai, a mente dela foi decaindo, sumindo, até se tornar uma réplica da vovó Gavita e dissipar de vez. Meu irmão sustentava as sobras da nossa família, os caídos: eu, por opção; mãe, por biologia. Meu irmão deu o contato do asilo e marcou uma visita pra mim. Não queria ir, mas ele insistiu e disse que só me ajudaria se eu fizesse isso.

"É a nossa mãe, seu porra, tome jeito!", ele gritou e eu logo percebi que teria que ir se quisesse ficar no apartamento dele.

Ficava a sessenta quilômetros da capital. Era uma casa térrea, cercada por uma varanda pequena de arcos. O chão era de cimento queimado, encerado de laranja. Muito simples para os padrões do meu irmão, mas logo pensei que essa simplicidade, tanto na forma quanto na estética, poderia ser uma forma do meu irmão dizer que estava se fodendo para a nossa mãe. Uma senhora me esperava do lado de fora da casa. Meu irmão já tinha conversado com ela, então minha visita não foi uma surpresa. Me apresentei, ela me cumprimentou e disse que "ela vai amar saber que você veio". Fiquei na dúvida e pensei: "Será que ela tá confundindo de mãe?".

No percurso até a entrada da casa, havia uns velhos jogando xadrez, tomando sol, sentados, espalhados pelo jardim e pela varanda. Um deles olhou para mim, no lugar dos seus olhos havia buracos negros enormes. Ele riu e me deu um aceno estranho. Tentei imaginar o que teria sido a vida daquele homem, tão sem olho.

A senhora conversou trivialidades comigo e pediu para esperar na recepção. Fiquei sentado lá por um tempo, vendo os velhos pela janela, resistindo. Até que ela me chamou e disse que podia me dirigir até o quarto dela. Vejam só, minha mãe tem um quarto exclusivo. A senhora me encaminhou até um quarto de porta rosa com ornamentos dourados e, antes de girar a maçaneta, disse: "Tenha paciência com ela".

Entrei.

Era um quarto enorme, atulhado de objetos, livros, tapetes, caixas e móveis. Duas janelas altas davam para o jardim e suas árvores solitárias. Um quadro enorme com uma foto do meu pai de terno, sorrindo no meio de dois homens brancos, se destacava ao lado de porta-retratos com fotos dela com meu pai, fotos minhas e do meu irmão. Ela gritou do banheiro: "Me ajuda aqui!". Fui até lá, desviando de trecos e mais trecos do quarto, entrei no banheiro e vi aquele vestígio do que era minha mãe, pele e osso, o negro da pele havia se tornado um amarelo insosso. Ela estava sentada no vaso e disse que a coluna travou. Eu a ajudei a se levantar, ela riu sem jeito. "Sorte que era só xixi, senão, mole do jeito que você é, nossa senhora, ia chorar e..." Ajudei ela a lavar as mãos e disse: "Bom te ver também, mãe".

Ajudo ela a caminhar até uma mesa que ficava ao lado das janelas, nos sentamos e ela me serviu um café, que já estava pronto e esfumaçando, provando de uma vez por todas que ela realmente estava aguardando a minha visita. Na estante ao lado do quadro em que posava meu pai e os dois brancos, vi um número absurdo de bonecas de pano, assustadoras e de olhos abertos.

"Colecionando bonecas?", questionei.

"As bonecas dizem o que são, e umas coisinhas ou outras a mais."

"Você conversa com elas?"

"Elas conversam comigo."

Ri, bebi o café, olhei para o quadro enorme do meu pai.

"Curioso, como sempre", ela disse, bebendo o café. "Esses homens aí eram os sócios do seu pai."

"Sempre me perguntei por que a senhora não assumiu os negócios dele."

"Sempre me perguntei por que vocês não assumiram os negócios dele."

"Quando ele faleceu, já tínhamos nossos negócios."

"Seu irmão até entendo, mas você? Qual era o seu negócio? Esgotar a paciência de Wênia? Pobre menina, viu."
"Você me chamou só pra pisar em mim, mãe?"
"Eu não te chamei."
"Pois pode ficar feliz, eu não estou mais com a Wênia."
"Graças a Deus!"
"Que legal você, hein, nossa senhora."
"Deixa de frescura."
"Por que a senhora me odeia tanto?"
Ela pegou uma das bonecas que estavam na estante, ficou brincando com ela e disse que a beleza se esconde em locais improváveis. Não me respondeu. Seu rosto travou no espaço-tempo. Observei as árvores pela janela, tão imóveis quanto ela, não havia vento, nada.
"Você acha mesmo que eu odiaria um filho meu?"
"Você odeia. Nem vem com papo de redenção a essa altura do campeonato."
"As pessoas só têm uma versão da história. Qual é a sua? Pais e mães terríveis, vendidos, que faziam de tudo para se misturar no meio dos branquelões escrotos e prevalecer na sociedade capitalista. Ó, que medo! É isso, tô certa? Um irmão perverso que seguiu os passos dos pais e se tornou um deputado corrupto. Você tem sua versão, sua verdade, é teimoso, estúpido. Nunca sequer chegou a entender o que seus pais são. Seu pai preto se casou comigo, preta, numa época em que isso era visto com asco. Numa época que muitos pretos como a gente tava era colando em gente branca pra se misturar. Nossa existência já é uma... como cê chama mesmo? Revolução, né? É isso aí, uma revolução. Tô com a cabeça ruim, dor em todo canto, tomando uns dez remédios por dia e preciso ver essa sua cara de merda, meu filho, pois é isso: cara de merda. Você sempre abraçou um ideal e nunca seguiu esse ideal, hipócrita como meu avô. Você é como seu bisavô, sabia? Ele também era assim, como você, e olha o fim dele. Fodeu com a cabeça a mulher dele e foi destruído pelas putas, cachaça, boemia, vielas, essa porra que persegue os pretos, que perseguiu meu pai, que persegue nossa família." Ela começou a tossir e chorar. "Aí

você vem dizer que não te amo, puta que pariu, eu amo meus filhos. Eu te amo, e amo Bruno também, mesmo sabendo que ele herdou o pior do pai, mas se não fosse por ele, eu tava na rua, ou você acha que aquele povo chique que andava comigo, fashionistas de merda, como você dizia no alto da sua empáfia, me ajudaria? Saí da minha própria empresa, ganhei uma aposentadoria mixuruca e tapinhas nas costas, só isso que ganhei. Aí você vai dizer: tá vendo, eu tinha razão. Não, você nunca teve razão, porque você nunca entendeu nada. Você sempre pensou só em você, gritava por aí que pensava na sua raça, no coletivo, dava aulinha em colégio público e no meio da rua, fazia umas músicas ruins pra cacete, participava das coisas tudinho, mas e aí? O que você fez de verdade? Você pensa que eu não sei da sua vida, meu filho? Sei, sim. Sei tudo. E conheço meu fruto. Sei de onde vem você, de onde vem seu irmão, vieram daqui de dentro. Eu sei onde vocês acertaram, onde vocês estragaram. O cheiro de cada um. A falha do seu irmão não chega perto da sua. Você", ela esfregou a mão magra e cheirando a bolor na minha cara, "usa uma máscara, só uma máscara. Isso aí que você tem na cara não é você. Por isso tu sempre se fodeu na vida. Seu pai morreu sem ver você pagando os empréstimos ou se formando. Eu vou morrer sem ver você terminando a porra da faculdade que ajudei você a pagar, paguei e paguei, Wênia pagou também, seu irmão. Todo mundo te pagou, deu dinheiro, aí você desiste e diz que vai virar professor da quebrada, é isso que você falou: professor da quebrada. Wênia comeu corda, a bichinha, eu e seu irmão já sabíamos que era você mudando de planos de novo, saiu de Letras, entrou em Administração porque disse que tinha um projeto de microempresa pro negócio lá da quebrada, depois entrou em Ciências Sociais porque disse que o rap salva e queria se aprofundar nesses assuntos, depois ficou só vagando como uma lontra, mamando na grana da esposa, aí agora você me conta que acabou com ela, deve tá mais vadio que o normal, claro que sim, já conheço a peça. Com certeza, só veio me visitar porque seu irmão disse: 'Vai visitar mainha senão não te ajudo, caba safado', aí você vem com essa cara de cu e ainda por cima tem a cara de pau de perguntar 'Por que a senhora me odeia tanto?'.

É isso? Em nenhum momento da sua visita, você perguntou como eu tô. Se tá doendo. Se vou viver por muito tempo. Não me beijou. Não abraçou. Você, desde pequeno, sempre foi assim, sabia? Um caba que nunca se encaixou em nada, nada. Um prego fora do lugar, surtado. Fruto bichado, perdido."

"Sou assim por causa de vocês", eu disse. "Por causa do meu pai falando merda na mesa de jantar, querendo que eu fosse aquela estátua preta e bem penteada que só fazia rir e concordar. Por sua causa, mãe, que sempre foi uma passiva do caralho e nunca sentou pra conversar comigo feito gente. Acho que nunca vi a senhora falar tanto como hoje, com certeza é efeito dos remédios. Foda-se, só isso que tenho pra dizer, tá? Foda-se que meu irmão conquistou tudo aquilo que vocês queriam, foda-se você, foda-se meu pai e esses brancos escrotos nesse quadro escroto de péssimo gosto, foda-se essas bonecas, foda-se essa sua cara de defunta que só falta enterrar, foda-se Wênia, foda-se as faculdades que você pagou, foda-se tudo. Vocês que usam máscaras! Eu sou o resultado de vocês, da educação de vocês, do que vocês me deram. Engole seu fruto bichado. É todinho seu."

"Você é o resultado do que você quis ser, meu filho."

"Eu quis ser o que vocês queriam e me ferrei."

"Você quis ser isso aí. É você, todinho você."

Antes que eu pudesse retrucar, ela pediu pra eu olhar pro jardim. Olhei. Um gafanhoto colou na janela e contrastou com a árvore no fundo. Não consegui tirar os olhos do inseto que, após alguns segundos, impulsionou as patas e deu um grande salto, cruzando o verde tatuado na paisagem, livre.

"Aquela árvore não tem escolha, você teve."

"Como a senhora sabe?"

"Sou sua mãe, eu sei de tudo."

"Nunca soube."

"Sei sim. Inclusive sei como vai ser sua velhice. Sozinho. Sabia? Seu irmão deve morrer antes de você, os excessos da vida dele não vão deixar que ele viva tanto. Você deve herdar alguma coisa, provavelmente vai ficar com uma das casas dele, imagino que alguma daquelas que ele arrumou nas cidadezinhas pequenas lá da Paraíba, você não combina com cidade grande. Vai abrir algum negócio qualquer, algo que não precise se esforçar muito, porque você é preguiçoso, e vai trabalhar de leve, vadiar, até um momento em que tu vai aprontar, fazer merda, e essa merda vai te perseguir. É isso, meu filho. Ou morre de velho ou morre com as próprias merdas."

"Não vai ser muito diferente da sua."

Ela ficou olhando para a boneca, sem reação.

"Vai morrer sabendo que os filhos te odeiam, que o marido te traía todo dia, que o povo da moda que trabalhava contigo nem vem te visitar, afinal, você era uma tremenda escrota e filha da puta, e vai morrer sozinha, porque duvido que meu irmãozinho venha te visitar. Ele te colocou aqui e nem deve ter vindo ainda, tô certo ou errado?"

"Ele é ocupado."

Comecei a rir, gargalhar, quase caí da cadeira. Minha mãe me olhou com ódio.

"Cada um acredita no que quer. Cê vai morrer olhando pra essa boneca morta, mãe, e ela vai ser sua única companhia."

"Foda-se."

"Você ia ser avó, sabia?"

"Foda-se."

Me levantei, caminhei rapidamente até a saída. Quando fechei a porta, escutei a voz quebradiça de fumante da minha mãe gritar sem parar, numa repetição falha, como se fosse um rádio dando tilt: "foda-se, foda-se, foda-se, foda-se, foda-se, foda-se!".

Até hoje busco me enganar, tentando fazer com que minha mente entenda que essa conversa com mãe nunca ocorreu, como a que tive com vó Gavita. Mas essa foi real.

Ainda tenho as marcas dela para provar.

• • •

Acordo em um banheiro público. Minha vida passando. Encaro o espelho e repito o nome de Wênia quatro vezes. Conto minhas rugas, penteio meu black power acinzentado. Ainda vivo. Há poeira e cuspe no espelho. Atrás de mim, mictórios quebrados e moscas no ar. Saio, o sol de Guarabira me queima. Vou até o posto de gasolina, ou o que restou dele, peço pra encher o tanque. Entro na loja de conveniência e compro duas latinhas de cerveja. O frentista tem espinhas na cara, é rosado, virgem.

Ele diz: "Sinto muito pelo seu irmão, fiquei sabendo pelo jornal". Ignoro, pago e entro no Chevette. Ligo, acelero, cheiro de enxofre vaza do cano de escape.

Chego na casa dela meio-dia.

Bato na porta uma vez. Ela abre prontamente.

"Sempre em ponto, coroa", ela diz mastigando um chiclete.

"Odeio atraso. Não me chame de coroa."

"Tu bebeu?"

Entro com tudo, deixo ela falando sozinha.

Ela segura meu ombro.

"De bêbado eu cobro mais caro. Cê sabe."

"Meu irmão morreu."

"Foda-se."

"Cobra o que quiser, não enche."

...

Em casa, bebo uísque e fumo cigarros. Mato duas carteiras. Ao meu redor, um vazio de móveis, cheiro e essência. Estou sentado num sofá velho encostado em uma parede branca, descascada, mofada. Um calor tremendo. Duas da tarde. Meu corpo ébrio suando pra cacete. Olhos piscando. Preparo cinco linhas e cheiro. Arde o nariz. Neva no inferno. Pego fotos antigas: eu, ele, pai, mãe, em Areia Vermelha. Outra foto: eu e ele adolescentes. Ele alisando meu cabelo. Começo a rir e sinto o cheiro de amônio que me fez lembrar de tudo, minha vida inteira. Cada percurso, acertos e falhas, muitas falhas.

• • •

"Você me ama?", pergunto.

"Amo tanto que, assim que sinto o cheiro do seu carro, minha boceta começa a pingar."

"Você consegue gozar comigo?"

"Gozo tanto que meus gritos espantam todos os urubus que sobrevoam a área. Não sobra um."

O colchão lembra um oceano, tamanha a quantidade das ondas de suor derramadas. Suor de tensão, não de tesão. Ela agarra meu pau. A mão branca desce e sobe, sobe e desce.

Ela enfia a bocarra e o engole. Sinto o estalo da sua goela no prepúcio.

"Te amo de verdade, Wênia."

"Wênia?"

"É, vou te chamar disso agora."

Ela para de chupar e diz que terá que aumentar o preço.

"Inflação, crise, menino no colégio, feijão subiu o preço, médico, sabe como é", diz.

"Te amo, Wênia."

"Tá."

• • •

Um cachorro começa a me seguir. Eu o chamo de Au Pacino. Pego o pacote e cheiro: Deus enfiou o dedo lá dentro do meu nariz. Me excito. Choro. Brocho. Caio de joelhos. O cachorro me abraça. Tento passar umas linhas para ele, mas Au é do tipo saudável. Entre uma cheirada e outra, meu nariz sangra. Lambo o vermelho como canibal, bicho; o sangue tem gosto de aço. Jogo o pacote fora.

Termino de desmontar alguns carros e aguardo. Geralmente chegam alguns bandidinhos pé de chinelo com carrões. Eles sabem que no desmanche do negão aqui eu ajeito tudo. Arranco o que tem que arrancar e deixo o que tem que deixar, mas neste dia não chega ninguém. Fica eu e Au Pacino observando o sol, redondo tirano, descer com sua hecatombe fervida, fugindo do inferno que criou na terra, escorregando até deixar de existir e ser substituído pelo negrume da noite, que vem acompanhado da lua minguante e algumas pouquíssimas estrelas que ousavam iluminar este fim de mundo onde vivo.

Au Pacino late e sorri. Estamos felizes.

Era hora de ir embora deste trabalho insistente e exaustivo. Cuspo no chão, sai preto. Entro no carro com Au Pacino. Ligo. Aumento o som: um rap das antigas. Acelero.

Chego em casa, o cachorro corre pelo espaço deserto de vida e com poucos móveis. Sento no sofá, abro uma cerveja, acendo um cigarro, aguardo o sino da igreja tocar uma, duas, três vezes, para pontuar meia-noite e poder simular meu sono em paz. Um sono ou uma morte. Como foi que cheguei até aqui, neste fim de mundo feito de poeira, carvão, metal e vazio? A foto em Areia Vermelha se torna areia em minhas mãos. Meus olhos fecham, o cachorro late, a lata cai, tudo cai.

Alguém toca a campainha.

Estou tonto, não sei quem gostaria de falar comigo a essa hora da noite. Deve ser coisa séria, a campainha toca várias vezes. Talvez eu esteja sonhando. Fecho os olhos e passo a mão na minha barba suja de cerveja. Esse recinto, talvez minha casa, desperta em mim o que procurava fugir. Meu drama se torna maior quando percebo que a libertação é impossível. Ao me transformar neste inferno que minha mãe previu, eu reconheço o mal em mim e vejo que fui e sou meu próprio pesadelo. Assim como mãe foi o próprio pesadelo dela.

Acordo com um grito estridente: "Abre a porta, filho de uma rapariga, abre aí, negão escroto, velho brocha, quero vê se tu é macho agora". Começam a bater na porta. Vou regulando a vista e começo a achar que não é um pesadelo. Levanto da cama, começo a caminhar como se estivesse pisando em pregos. "Eu disse que aumentei o preço e eu quero meu dinheiro, seu veiaco!" Até que a porta é arrombada e encaro o cano de um revólver oxidado na minha fronte. "Tá pago."

O disparo é seco e sujo.

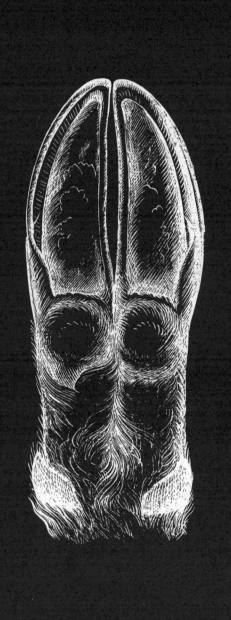

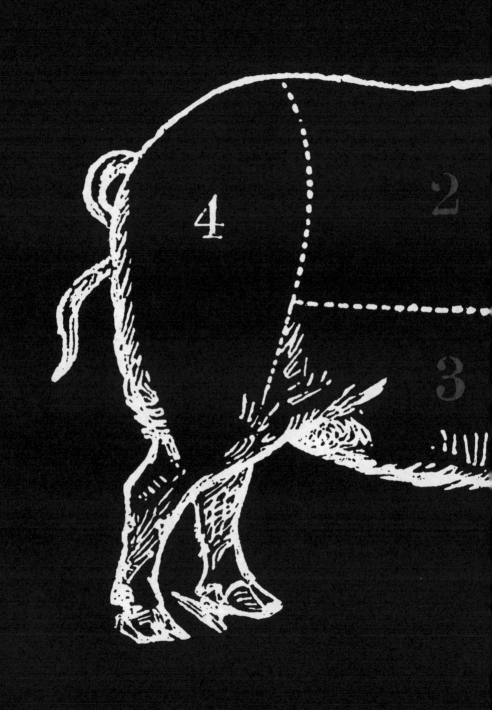

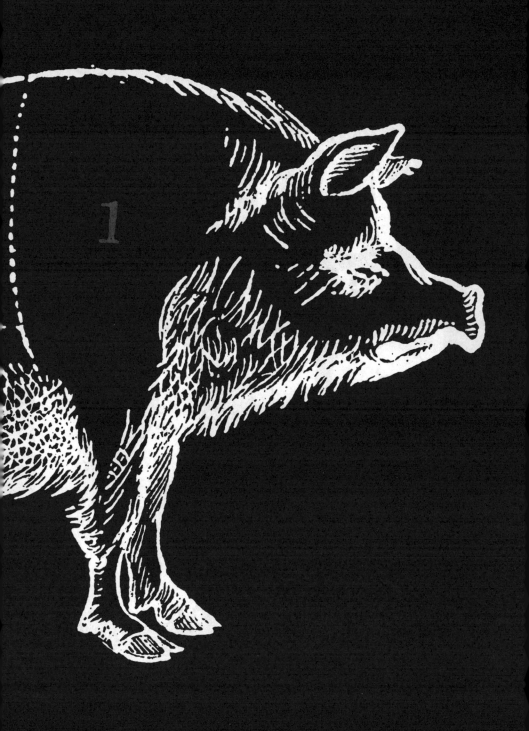

PARTE IV
DESCARREGO NO UMBRAL

You might be knocked down, round for round
You're feeling like you're shot down on the ground
When will the fantasy end?
When will the heaven begin?
Mr. Rager, tell me where you're going
Tell us where you're headed.
— *"Mr. Rager", Kid Cudi* —

Mestre Eckhart também viu o inferno.
Sabe o que ele disse? Ele disse que a única coisa que
queima no Inferno é a parte de você que não
te deixa ir adiante na sua vida, suas memórias,
suas amizades. Eles as queimam por completo.
Mas eles não estão te punindo. Estão libertando
a sua alma. Se você está com medo de morrer e resiste,
você verá demônios arrancando sua vida.
Mas, se estiver em paz, então os demônios
se tornam anjos, libertando-o da Terra.
— *Louis no filme* Alucinações do Passado —

Vozes.

Vozes de crianças.

Vozes de crianças argentinas.

O sotaque afetado do castelhano na boca das crianças é perceptível. Consigo mover meus braços e pernas, porém estou em uma caixa cheia de brinquedos, ursinhos, carrinhos e outros *inhos*. Mãos começam a socar a caixa em que me encontro, uma voz de adulto fala "dale, dale...", e entendo que a molecada respeita a voz. Nem imagino onde estou, mas escuto o som de outras caixas sendo abertas e a molecada grita coisas que não entendo, mas estão felizes. Até que a ponta de um estilete aparece na minha caixa, quase perfurando meu olho. Fico encolhido, a caixa abre, deixando que o sol entre sem vaselina na minha visão. Tiro os braços, jogo alguns brinquedos para fora e vejo vários pivetes com uniformes de colégio e uma mulher com óculos de aro grosso e cabelo curto. Ela está com a boca aberta, enquanto a molecada fica sem reação.

"E aí?", pergunto.

As crianças entram em desespero e começam a correr. A mulher com óculos de aro grosso fica paralisada. Observo meu peito e vejo um crachá. Tem minha foto nele e, ao lado, as palavras *El nuevo profesor*.

Um velho charmoso usando um terno azul aparece. Com um gesto, ele pede para a mulher, provavelmente a professora, algo que não entendo, mas que parece ser "pode ir embora, tá tudo sob controle".

Estou zonzo, parece que desci um tobogã infindável. O velho se aproxima gentilmente de mim e tira o prego azul da minha nuca, guarda em uma pochete e sussurra: "Prontinho, já temos o suficiente, Porco, e, olha só, quem diria, a sua vida realmente pode vir a ser bem lucrativa pra gente. Ao menos isso".

Fico sem entender, ele ri e diz: "Obrigado". Coloca um cigarro na minha boca, o acende, e volta a falar: "Se divertiu bastante nessa viagem interior, porquinho?".

Não respondo. Levanto, trago a nicotina, e piso em um brinquedo barulhento sem querer.

"Ansioso?", ele pergunta.

"Claro! Disseram que eu tinha uma missão, não é isso? Eu lembro, cara, eu lembro. Porra, eu lembro! Tenho que voltar, cara, sério. A galera deve tá me esperando lá. Eu pensei que tava morto, eu juro que pensei e..."

"Calminha. Você só volta depois que provar pra gente que quer voltar mesmo. Tirar a máscara em uma luta é coisa grave. Lembra que você fez isso também ou a viagem apagou suas obrigações com a gente?"

"Não, não, eu lembro! Vacilei! Desculpa, quero voltar, cara. Sério."

"Voltar pra casa ou pra lá?"

Fico calado.

"É sempre a mesma coisa. Vocês dependem da gente, sabia? Damos uma vida nova pros caras e tem gente que ainda nos critica. Brasileiro pé rapado é uma desgraça."

"Eu quero voltar."

"Relaxa. Só vai embora quando eu tiver dado o fora daqui. Espera uns vinte minutos, aproveita pra matar a saudade dos seus tempos de professor. Toma."

Ele me entrega uma carta. Abro o pacote: tem três mil pesos, meu visto de turista e uma passagem de avião, só de ida, para São Paulo. Ele se levanta, fala para eu não me atrasar e que, no aeroporto de São Paulo, vão entrar em contato comigo.

A glória aguarda. Exausta.

• • •

Pego um táxi para o aeroporto de Ezeiza. Como e tomo um vinho, enquanto espero o avião chegar. Pego o voo, tento olhar por debaixo da saia de uma aeromoça, como goiabinha com suco, assovio "no woman no cry", me lembro de algumas coisas vagas, sem nexo, dou risada. Penso nas lutas e passo a mão nas feridas cicatrizadas do meu corpo: eu sou alguém. Remendado, mas sou.

Durmo até São Paulo. No aeroporto de São Paulo, não tem muito segredo. Chego ao galpão de entrada e um negro alto e muito bonito está com uma placa escrita PORQUINHO. Levanto o dedo, ele sorri — não tem dentes — e me conduz até uma BMW preta.

Assim que entro no carro, levo um choque na costela. Colocam um saco preto na minha cabeça e pedem silêncio, etc etc etc. O de sempre: cumpro a ordem.

• • •

Quando acordo, estou sentado em uma cadeira de marfim. Quarto pequeno, sem janelas e com paredes, piso e teto pintados de preto. Na minha frente, um japonês e dois seguranças do tamanho de um armário. Todos de terno. Sérios. Frios. Nos pés do japonês, vejo umas sacolas cheias de coisas que não consigo identificar. Eles ficam me olhando por um tempo. O japonês tira alguns bonecos de dentro da sacola, álbuns de figurinhas, revistas em quadrinhos e jornais. Os bonecos têm cabeça de porco e uma cuequinha branca suja de lama.

Nos corpos de plástico desnudos há várias cicatrizes. Nas embalagens, os dizeres:

PORCO SUCIO, O PERDEDOR
DÊ UM "OINC" NOS SEUS INIMIGOS!
MADE IN HONG KONG

O japonês tira um boneco da embalagem e enfia o dedo indicador no nariz do porco. O brinquedo começa a ficar vermelho e diz com uma voz robótica: "AHHH... EU VOU QUEBRAR VOCÊ.", "SOU O POOOOORCO SUCIO!", "OINC, OINC.", "OS ÚLTIMOS SERÃO OS PRIMEIROS.", "VOU TE QUEBRAR!", "NÃO SOU MAIS COMUNISTA, SOU O PORCO SUCIO.", "OS FRACOS DO MUNDO NÃO COSTUMAM BATER, MAS APRENDEM, DESDE CEDO, A APANHAR".

Na capa do álbum de figurinhas tem vários lutadores do Açougue: eu, Cavalo Hermoso, Touro Castrado e Leão Hambriento. Ele então abre alguns jornais e lá estão os comentários sobre o sucesso e a origem do programa ZOO FIGHTERS™. Leio que é um programa exclusivo da internet, concebido por empresários brasileiros, argentinos, alemães e americanos que queriam dar uma nova vida para bandidos de baixa e alta periculosidade do mundo. Começou pela web, e foi entrando no dia a dia da população, principalmente depois que o formato do programa foi comprado por um canal japonês e distribuído para o resto do mundo. Aparentemente, o programa é um grande sucesso. No Brasil, só se fala de ZOO FIGHTERS™, escreveu o jornalista.

O japonês me mostra alguns quadrinhos do ZOO FIGHTERS™. Posso ver que o ilustrador exagerou bastante nos traços. Não consigo segurar a risada quando me vejo na capa. O cara colocou umas quatro camadas extras de músculo em mim. O japonês folheia o quadrinho e, em uma das páginas, eu estou socando o Leão Hambriento, enquanto digo: "Eu sou o novo rei da selva, leãozinho frouxo". Pelo visto, meu personagem é uma espécie de Homem-Aranha. Daqueles heróis que soltam piadinhas sem graça no meio do combate. É um perdedor amável, meio tosco.

Nos jornais e revistas, a notícia fala da nova febre da internet que chega às televisões brasileiras e do mundo todo. Leio que a produção em torno do projeto é um mistério e que ninguém sabe a identidade dos lutadores do reality show. Fico sem reação. Paralisado. Emocionado.

Triste. Levemente tenso. É uma mescla de sentimentos. Caleidoscópio kafkiano. O japonês faz uma cara de saciado. Ele fica com a página de um jornal aberta.

Folha de São Paulo, Sexta-feira...

A data no jornal estava rasgada. O japonês se adianta e diz: "Você está com a gente há muitos anos".

Eu queria perguntar dos brinquedos, do reality show, do álbum de figurinhas, mas tudo isso some dos meus pensamentos na velocidade de um piscar de olhos.

"Tipo um ano e meio? Olha...", estou gaguejando.

"Você é pai de dois meninos e duas meninas. Muitos anos. E garantimos que eles estão em bons lares. Serão ótimos lutadores, putos ou putas nas futuras temporadas."

"Quatro?"

"Você é bom de matemática, vejam só."

"Com quem?"

"Com as putas que você comeu. Enfim, estamos aqui pra falar da sua permanência no projeto."

"Meu... Olha..."

"O projeto ganhou nome. Estamos na mídia, faturando alto, o governo tá injetando uma grana, então qualquer furo é perigoso, afinal, lucro é lucro: não falhamos, jamais. Aquela regra dos lutadores não tirarem a máscara está mais severa. Olha aí." Ele joga uma página rasgada de jornal na minha mão.

"Um lutador se revelou em um dos episódios mais recentes do polêmico reality show ZOO FIGHTERS™. *O popular Porco Sucio mostrou seu rosto para todos. Ninguém sabe quem é o lutador por trás do personagem, mas a curiosidade nos fez pensar sobre o assunto. Todos os lutadores do programa eram criminosos mesmo? E..."*

Ele tira a página da minha mão.

"Porco Sucio, meu querido. Isso é perigoso. Entende? A população gosta do programa porque vocês são um bando de meliantes perversos, por isso temos tanto ibope, mas, no momento que vocês mostram essas caras pretas e feias, vocês se tornam humanos, fofos, gente como a gente. Aí o povo fica com peninha, 'olha só o bandidinho machucado', e porra, isso é ruim pros negócios! Apesar dos avanços no mundo, ainda existe algo de direitos humanos para lidarmos. Mimimi. Cê sabe como é."

Não há vida na voz do japonês. Olhos sem lar.

"Hã? Eu não sou bandido, japa!"

Ele começa a rir. Uma risada fina e estranha, lembrando o canto de um pássaro desafinado.

"Mas ó, quatro filhos? Quatro?! Quem me jogou lá dentro? E que bizarrice de reality show é esse? Brinquedos com meu nome?"

"Você quer continuar?"

Ele me entrega um envelope.

"Aí dentro tem uma passagem para Hong Kong. Você vai precisar provar que é digno de continuar no jogo. Se você provar que consegue eliminar alguns obstáculos, você volta. A glória eterna. O nome. Tudo será seu. As mulheres e os homens. A vida. Caso não consiga, você ganhará a morte. O que me diz?"

"Até queria, mas não tô entendendo mais nada... Meu... Isso é demais pra mim, sei lá, olha só tudo isso."

"Manoel, traz o notebook", ele ordena. Um dos seguranças sai da sala. Ficamos em silêncio nesse tempo. Minha cabeça fervilhando. Minha mãe, meu irmão, Wênia, quem mais sabe disso? Eles me viram na televisão, será que me reconheceram? Quantos anos estou preso no Açougue?

"E a Lílian?", pergunto.

"Quem?"

"A minha amiga, negra, alta, olhos verdes, cês me pegaram com ela. Com certeza esses meus quatro filhos saíram dela."

"Temos um catálogo com mais de dez mil garotas e garotos."

"Como pode, seu japonês desgraçado? Me explica. Vocês sequestram gente por aí, e, pô, fica nisso?"

"Não há o que explicar. E eu não sequestrei ninguém. Meu nome é Tanizaki Juarez, sou terceirizado e atuo só como informante de um dos grupos de contato e intervenção."

"Grupos? Cês são uns fodidos. Essa merda tá na tevê e passava na internet? Isso é doente. Quem tá por trás disso?" Eu me levanto para falar na cara do japonês e o segurança dá um soco na minha jugular; sinto minha alma ser cuspida da boca.

O outro segurança chega. O japonês coloca o notebook no colo, mexe em algumas coisas e vira a tela para mim. Limpo minha boca e começo a ver o vídeo. Ele demora um pouco para ser carregado. Chiado. A imagem aparece: Wênia presa, amarrada em uma cadeira, nua. Ao lado dela, uma criança algemada. Elas estão em um quarto preto, igual ao que estou. Wênia está chorando. Ela está diferente. Cabelo curto, um olhar mais adulto e sóbrio, aquela aura sonhadora que havia nela parece ter partido. Chuto o peito do japonês, ele cai da cadeira. Avanço nos seguranças e cuspo neles, chute, soco, cotovelada, gritos. Enquanto eles me seguram, uma baba caótica vaza dos meus lábios.

O japonês se levanta e com calma, esboçando um sorriso cínico, limpa seu terno, fecha o notebook. De pé, começa a falar: "Você é nosso, Porco Sucio. Você é alguém agora. Tem nome, seu esterco. Seu rosto é esse ó, esse ó", ele pega o boneco e aperta o focinho do bicho, que grita: "OINC, OINC, OINC, OINC, OINC". Depois ele o joga no chão e volta a falar: "Você não é mais nada, você foi dado como morto, morto, morto! Daí você vai e mostra esse rosto deplorável para o mundo, quem você pensa que é para nos desobedecer, hein? Seu registro está em nosso nome. Seu corpo. Sua alma e óbito. Tudo. E essa puta da sua ex-mulher vai ser enrabada por todo o elenco do ZOO FIGHTERS™, sacou, carinha, sacou?". Me surpreendo. Do nada, o japonês começa a gritar, os olhos puxados ficam vermelhos de raiva. "Não tente bancar o herói, Porco. Você, seu verme fedido, vai pra Hong Kong, vai matar alguns concorrentes que tão tentando foder com nosso programa, entendeu? Nosso negócio é grande, tem gente invejosa, gente que quer nos dedurar pro mundo. Dizem que o ZOO FIGHTERS™ é coisa de gente rica sem juízo, coisa de gente que compra humanos para serem escravos, nós não fazemos isso, fazemos? Nós damos vida à gente lixo como você. Ou vai dizer que você sabe seu nome? Quem você é? Tu tava morto e não sabia. Somos deuses que permitimos a chance de lixos se reciclarem. Nós, sim, somos os verdadeiros direitos humanos! Você quase fodeu nosso programa. Sabe como tá sendo difícil pra explicar pra mídia isso que você aprontou? Quem é ele? Nunca vimos esse condenado à morte antes, é famoso? Hein, hein? Geral anda perguntando, seu monstro. Olha de novo", ele abre o notebook e coloca o vídeo. "É seu amor, né? É seu amorzinho, né? E eu vou comer ela também, se você não colaborar... se você não provar pra gente sua dignidade, pode ir dizendo adeus pra moça. Tá entendendo?"

"Chega. Para de falar. Eu faço o que tiver que fazer, eu volto a lutar nessa merda, faço tudo, mas solta ela e essa crianças que nem sei quem são."

"É a filhinha dela. Ou você pensou que ela realmente teria esses filhos *contigo*?"

"Solta elas."

"O voo é amanhã. Vamos te acompanhar. Assim que você chegar, alguém lá vai te passar instruções. Boa sorte, porquinho."

O japonês ajeita o terno, respira fundo, pede perdão pela fúria e vaza do quarto.

Fico pensando em Wênia, amarrada, em pânico.

Não sei quantos anos longe e ainda consigo ferrar com a vida dela. Tem coisas que nunca mudam.

• • •

Não consigo dormir. Quatro filhos. Anos longe da sociedade. Enfim, não vou mentir: eu gosto da ideia de inúmeros conhecidos terem visto meu rosto sob a máscara do Porco Sucio, o boneco réplica do Homem-Aranha tão querido pela molecada viciada em violência. Wênia deve ter visto. A filhinha dela. Minha mãe e sua demência. Meu irmão e seu filhinho. Aquele povo seboso no velório do meu pai. André e os moleques que fizeram minha adolescência ser uma desgraça. Os meus inimigos. A galera que ando devendo. O povo da quebrada e meus alunos. A puta, aquela que iniciou o vórtice em que me encontro hoje. Jorjão. A vizinha do nem-lembro-mais-o-número. O gordão sinistro do telefone. As memórias retornam na forma de um tiro de escopeta na minha nuca.

Como anda o Brasil? Quem governa esse país doente? Provavelmente alguém mais doente ainda que o anterior. Nos últimos anos, estive dentro de um tufão, é isso, não parei desde que me separei e me mudei para o Rio de Janeiro. Foi porrada atrás de porrada. É difícil ser um acrobata da dor assim, vovó Gavita. Ok, eu sei que você nunca falou desse poema pra mim, mas é difícil mesmo assim.

Rir de uma insanidade dessas é complicado pra qualquer um.

Agora sou pai de família, tenho filhos soltos pelo mundo, tenho fama e feridas graves, no interior e no exterior. Estou desesperado por Wênia. Eles não a tiraram da minha cabeça com os retratos constantes no banheiro, sempre esquentando minhas memórias íntimas, não deixando que elas partissem em paz. Por mais que eu seja alguém, meus sonhos não me deixam dormir porque eu ainda a amo. Meu desespero partiu dela. "Você é um capeta: seduz, mas destrói; ama, mas arruína." Essas foram as últimas palavras de Wênia.

Estou desesperado por ela. Sempre estive. "Foi mal", sussurrei dentro do quarto preto. Talvez ela estivesse por aqui, no quarto ao lado. O segurança está parado na porta, velando meu sono, em silêncio profundo. Dormir com alguém te encarando é foda. Ele tira os óculos escuros e dá uma piscadinha pra mim, como um confidente asqueroso, alguém que sabe exatamente o que está passando dentro da minha cabeça. Essa é minha última chance de fazer o certo, mesmo que seja para continuar no caminho errado.

• • •

O japonês não apareceu. Três seguranças, daqueles de filmes americanos, me acompanham até uma limousine. No meio do caminho para o aeroporto, entre as inúmeras publicidades que pipocam na cinzenta São Paulo — outdoors e placas sobre armas, igrejas evangélicas e medidas adotadas pelo Presidente da República para o Brasil se tornar o país da moral e dos bons costumes —, vejo um outdoor gigantesco da série ZOO FIGHTERS™ estampado na fachada de um shopping. É uma colagem com inúmeras fotografias das lutas, em uma espécie de teaser fixo. Vejo minhas fotos levando porrada, dando porrada, e sinto uma pontada no peito. Aquilo não sou eu. Um magrelo negro cheio de cortes, costurado, ensanguentado, remendado de qualquer jeito e com uma máscara de porco horrenda, rosa e cheia de arranhões, lembrando aqueles filmes de terror sem pé nem cabeça que adolescentes assistem para perder o sono. Abaixo das fotos, o logotipo do programa, que passa na quinta-feira e reprisa no sábado, em algum canal de grande ibope.

Aquilo não sou eu.

Como um programa desses passa na tevê aberta e em horário nobre? No que estou pensando? Claro que isso aconteceria, mas é estranho se ver perdido dentro de outro corpo, dentro de outra forma e espírito. Um duplo bestial. Um canibal que devorou meu eu. Sou outro, um vulto agressivo, vazio. Ou sempre fui aquilo, mas nunca percebi? No meio do caminho até o aeroporto, vou me acostumando com a ideia de ser aquilo. De ser o Porco Sucio, um bicho colonizado por mãos aleatórias e repletas de cifrão. Nunca nos vemos de verdade, nossa visão é transmitida por espelhos e, quando conseguimos nos ver, o choque é inerente. Talvez eu sempre tenha sido o Porco Sucio, desde meus tempos de pirralho. Ele dormia, sem nome, mas sempre estava atracado em mim. E agora, se eu quiser que Wênia e sua cria continuem vivas, eu devo assumir esse eu. Esse porco que acabei de ver e que sempre esteve comigo.

Eu conheço o inferno, mas precisaria ir até ele mais uma vez.

"Tá famoso, hein", diz um dos seguranças.

"Muita coisa mudou nesses últimos anos?", pergunto.

"Só olhar pela janela, amigão. A farra acabou e, com ela, acabou foi tudo", ele responde acendendo um cigarro.

∙ ∙ ∙

Cheguei no aeroporto e o voo sai às 11h da noite. Vai ser uma longa viagem, meu psicológico não está pronto para isso, mas enfim: há anos que meu psicológico deixou de existir. Sou um dos primeiros a entrar no avião. Falta alguns minutos para a decolagem, quando um rapaz bonito com regata e jaqueta jeans, piercing na orelha, pede licença e se senta ao meu lado, na janela. Um olhar simpático e acolhedor.

O avião para Hong Kong decola às onze em ponto. Durmo como uma pedra.

∙ ∙ ∙

歡迎

O ideograma marca a fachada do aeroporto de Hong Kong. Um lugar que provavelmente deve ter o mundo dentro de si. Não tive tempo de caminhar ou observar esse mundo. Uma chinesa alta e de cabelo preto aparece antes, segurando uma placa com os dizeres: SUCIO. Sigo a mulher, sem falar nada, e entramos em uma limousine vermelha. Ela senta do meu lado e diz: "You can get whatever you want". Tem bebida, cigarros, comida e um telefone na parte de trás da limousine. Ela começa a mexer no iPhone dela. Pego o telefone na parte de trás. Não consigo lembrar o número de ninguém, se é que os números das pessoas que conheço ainda são os mesmos, se é que elas se lembram de mim. Se bem que, depois da minha aparição na televisão, todos devem ter se lembrado daquele professor paraibano que foi morar no Rio de Janeiro depois que a mulher deu um pé na bunda dele. Então, a limousine para em algum lugar. Medo. Um homem negro com o cabelo alisado entra na limousine. O cheiro de amônio sobe. Queima. Lembra. O homem usa brincos dourados e um piercing enorme no nariz gigantesco.

"Que honra", ele estende a mão para mim. "Eis o Porco Sucio. Seu nome é doce por essas áreas."

"Doce?"

"Você é o personagem de maior aceitação na China. Dos personagens do ZOO FIGHTERS™, você é o mais querido. 74% de aprovação. Os orientais amam esse perfil de herói perdedor, perdidão das ideias, engraçadinho. É tããããο a cara deles. Seus bonecos vendem pra cacete, negão", a voz dele é abafada, parece que cheirou uma tonelada de cocaína. Fala sem ar, afobado.

"E a Wênia?"

"Ela já está solta, Porco. Não se preocupe. Será um trabalho rápido, você faz o lance, sai e fim. Pegamos você, tu retorna pro aeroporto, segue para Buenos Aires e só alegria. Como a vida é fácil, não?"

Não respondo.

Ele abre um compartilhamento na limousine, revelando uma quantidade surpreendente de armas.

"Escolha."

Estou com uma jaqueta de couro preta, grandona, cheia de bolsos. Eles que me vestiram lá em São Paulo, provavelmente já pensando no quanto de armas poderia carregar. Vejo duas pistolas, acho que são 380. Pego as duas, agarro uma escopeta, escolho algumas facas, e vou organizando sem pudor o armamento. Acoplo duas soqueiras com espinhos em meus punhos, guardo um martelo também e coloco uma adaga na minha bota. Vejo umas granadas, nunca usei esses trecos antes, mas não importa: jogo uma no bolso.

"Wênia tá bem mesmo? Ela já se fodeu demais por minha causa."

"Sabemos. Você não foi o melhor dos maridos."

"Vocês sabem demais."

"Sabemos tudo. Até o que você pensa."

"Não sei se rio ou se choro."

"Algum dia faremos um especial sobre sua vida. Porco Sucio, o lutador que foi desmascarado no famoso reality show ZOO FIGHTERS™. Quem é ele? Qual sua história? O público anda desejando saber um pouco mais da identidade dos competidores."

"Só fazem esses especiais quando o homenageado está morto."

Ele volta a sorrir e diz: "Ela está bem".

Depois de alguns longos minutos, paramos. O homem pega um pedaço de papel e pede meu autógrafo, diz que o filho é um grande fã do Porco Sucio.

"O que eu coloco?"

"O herói é você. O autógrafo é para Niagazi Kojima. Em português mesmo."

Como se eu soubesse colocar em chinês.

Penso por alguns minutos e escrevo:

Quando você entrar em uma encrenca, não saia de casa.
Oinc, oinc, vou quebrar você.
Com amor e lama para Niagazi Kojima.
Porco Sucio.

"Assim que sair", disse o trincado, guardando o papel no seu blazer, "você verá uma porta enorme com alguns ideogramas. Entre nela e mate o que estiver na sua frente. Alcance o elevador e siga até o décimo quarto andar. Segurança pesada, até porque, assim que você entrar matando geral, o alarme vai tocar. No décimo quarto andar, entre em uma porta azul com um desenho de sereia. Melhor dizendo, arrombe a porra da porta".

Ele pega a granada da minha jaqueta e diz: "É só tirar o pino e colocar na maçaneta. Enfim, quando entrar na porta azul, você verá um velho com traços orientais, cabelo loiro longo, gordão, provavelmente vai estar pelado e rodeado de crianças em uma banheira. Ele está te aguardando e não vai reagir. Mata ele. Arranque a cabeça dele e traga pra gente. Saia por onde entrou".

"Que doido."

"Negócios."

"O cara sabe que vai morrer?"

"Nos últimos anos, os negócios mudaram. Ficaram mais passionais. Não há como fugir do inevitável. Antes perder o jogo com honra e glamour do que perder sem nada nas mãos. Pessoas que já estão juradas, pessoas que sabem que terão que fechar as contas. E quem não deseja entrar em um filme de ação? Ser importante como um vilão ou um herói? Quem não quer ser morto por uma celebridade? Hoje em dia é moda: falir, morrer, virar notícia, tentar faturar na finitude. Uma matéria-prima viva e pulsante. Uma vida em eterno estado de emoção e adrenalina."

"Disseram que ele era da concorrência."

"Ele viu que estava em um beco sem saída. A morte pode até salvar a empresa dele, quem sabe. Vale o risco. O livre mercado tem métodos peculiares de executar seus negócios, você nunca entenderia. Você é um operário. Faça seu trabalho, faça com que sua amada esteja livre de problemas e faça seu nome virar lenda. Você é alguém, cara. Antes disso, o que você fazia, hein? O que você era?"

Não respondo.

Ele abre uma maleta, tira uma máscara de porco enorme e pede para eu colocar. Assim que coloco, uma força invisível e dominadora assume.

"Você cobrou caro pra se vender desse jeito para eles?"

Ele fica calado e dá uma risadinha.

"O mundo mudou. Somos todos iguais agora."

Saio do carro e estou prestes a entrar na porta com os ideogramas. Antes, escuto o homem berrar: "Nunca esqueceremos você, Porco. Nunca".

"Eu não vou voltar?"

Vejo ternura no rosto do cara. Faz tempo que eu não vejo essa expressão. A mulher chinesa continua no celular e não olha para nós dois em nenhum momento.

"Vem cá. Vou te entregar um negócio. Eu não poderia, mas vou."

Me aproximo dele.

"Olha, essa é a sua identidade."

"Como você tem..."

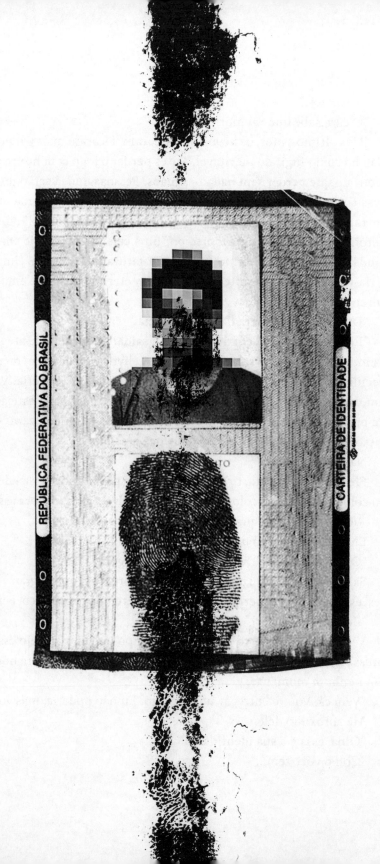

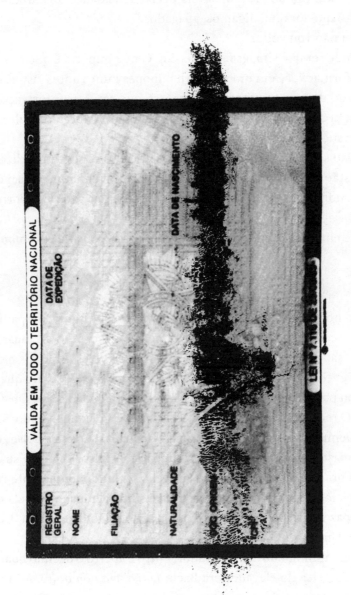

"Eu sou um dos responsáveis pelas identidades dos lutadores do projeto que foram... digamos, apagados."

"Eu não vou voltar?"

"Pode ser que sim, espero que sim. O que importa é que nós vamos transformar você em um ser eterno. Ibopes nunca antes vistos. O lado humano do ZOO FIGHTERS™: é pra isso que serve as informações que coletamos no prego azul. Pense na sua família. No orgulho deles. Pense nisso: sucesso 24 horas. Já pensou?"

"Não sei se eles estão vivos e não sei se eles se sentirão felizes."

"Estão vivos, sim, e vão te idolatrar. Confie em mim, eu sei do que tô falando. Enfim, chega. Toma, toma: esse cara é você. Boa sorte, meu amigo."

Ele entrega uma identidade pra mim e a limousine vai embora.

∙ ∙ ∙

Entro no prédio. Música ambiente. Um tecladinho acompanhando uma vocalista gemendo palavras chinesas. A recepção do lugar é cor-de-rosa, bege e branca. Quadros lúdicos, tapetes felpudos e coloridos, ventiladores no teto e um recepcionista asiático. Acho que estou em um parque de diversão onírico e feito de algodão doce. Ou algo do tipo. O recepcionista pergunta: "我可以幫你嗎?". Fiquei parado. Soqueiras queimando nos punhos. Escopeta em mãos. Jaqueta e bolsos cheios de armas brancas. Ele fica rindo, simpático e falso. Vejo que sua mãozinha branca dedilhava a mesa amarela, seguindo lentamente rumo a um telefone roxo. Aponto a escopeta e sinto o impacto: a bela cabeça do rapaz se espalha pelo teto e paredes do salão de entrada. Dou um passo. Um alarme soa.

Vou caminhando até o elevador. Entro e aperto o décimo quarto andar. A música do elevador era Bach: *Largo, ma non tanto*. Minha mãe colocava essa música para dormirmos quando pequenos. Quarto andar. A música me emociona. Quinto andar. Fico com vontade de explodir meus miolos, não sei por quê. Sexto andar. Me lembro dela. Do tempo que passamos juntos. Oitavo andar. Será que Lílian está bem? Às vezes, ficar sem falar pode ser uma vantagem. Décimo andar. Se eu não tivesse língua, Wênia estaria comigo ainda. O elevador para no décimo andar: cinco chineses com máscaras negras e ternos sob medida entram no cubículo. Todos com espadas em mãos e berrando mantras ninjas. E eu, cá estou, aleatório, perdido nessa música clássica e na porra da China, nesse passado sem presente ou futuro, gritando: OINC, OINC, OINC.

Aponto a escopeta e abro fogo. Três deles flutuam pelo cubículo minúsculo do elevador.

A porta do elevador se fecha. Os outros dois me golpeiam, sou furado algumas vezes, pego a escopeta e aplico uma coronhada na cara de um, que tomba feito fruta madura. Pego uma das facas e enfio no pescoço do outro.

Carrego a escopeta, o elevador para no décimo primeiro. Não consigo contar a quantidade de ninjas-chineses-histéricos que entram. Atiro, o elevador fica encharcado de sangue, assim como meu corpo. Estou ereto. Insano. Recordo de tudo. Essa música. Maldita música. Atiro de novo: mais corpos caindo, enquanto outros pulam sobre a pilha de mortos e me atacam. Não cabe tanta gente assim no elevador, mas eles se esforçam. Vou sentindo as perfurações das armas brancas. Percebo que o elevador está subindo e atiro de novo, a esmo, e dou mais coronhadas. Enfio a arma na cara de um deles, enfio mesmo, à vera, quase quebrando o ferro, quase torcendo minha mão, vou batendo até sentir os ossos do rosto dele virarem fragmentos e pó.

O elevador para no décimo segundo. Os caras entram de novo, o elevador está cheio, eles estão tão desesperados que matam uns aos outros. O ambiente se torna um quadro perdido de Francis Bacon. Abro fogo, um pedaço de intestino voa na minha cara. Vou pulando sobre os mortos e os vivos, e decido ir de escada. Arremesso a escopeta em um deles, tiro as duas pistolas da jaqueta e vou atirando no que vier pela frente. Localizo a escada no cantinho do corredor cor-de-rosa. Respiro. Chego ao décimo terceiro andar e uns quatro pulam no meu peito. Minha soqueira engole carne, vou socando qualquer coisa que respire. Meu braço quase sai do lugar, tamanha a força que coloco nos golpes. Dentes, pedaços de pele, nacos de testa e fatias de lábios: tudo é destroçado e minha máscara de porco vibra. Grito a ponto de sentir meus pulmões fritarem. Um chinês bastardo arremessa uma faca nas minhas costas. Exclamo de euforia e dor. Pego a pistola tremendo. Atiro. A bala vai em cheio no peito do infeliz. Meu martelo cai. Nem lembrava dele.

Subo o último degrau, escutando os malditos me perseguindo. Estou desmaiando. Um deles chega por trás e sussurra no meu ouvido: "私生子".

Sinto a pontada, deve ser uma katana, é longa, prateada, linda, tão branca e brilhante. O aço vibra na minha barriga. Trapaceiro sujo. Cadê a honra dos ninjas, samurais ou algo do tipo? Engasgo com meu próprio sangue, mas a adrenalina é como um energético batizado de MD e ecstasy, trincado de pó cascolac e mergulhado num avião sem piloto. Ajeito a máscara, não falo nada, acho que a hora dos gritos de guerra passaram. Dou um tiro no joelho do cara que enfiou a katana no meu bucho, outro tiro no braço, outro no ombro, então fico ajoelhado e enfio uma bala no rabo dele. Arranco a espada que está atracada no meu intestino. Eles não param de chegar. Tiro o pino da granada e deixo eles se aproximarem. Arremesso no bando e usando o resto de corpo que tenho arrombo uma porta qualquer que está atrás de mim.

Explode.

Pedaços de corpos e madeiras coloridas se espalham pela sala sem mobílias que invado. Fico caído, agonizando. Os que sobraram saem correndo. Tô mancando. Chorando. Rindo. Tiro minha máscara de porco. O corredor é cheio de espelhos. Fico me vendo: não há nada. Meu rosto é um borrão verde. Vou caminhando até que encontro a porta com a sereia. Jogo meu corpo, tentando arrombar a porta em vão. Devia ter pego duas granadas. Minha força deixa de existir. Estou morrendo. Acaba aqui. Tudo. O. Que. Eu. Idealizei. Mas eu já idealizei alguma coisa? Acho que não. Pego a máscara de porco de novo. Coloco e olho para os espelhos. Rio por dentro, rio por fora: um acrobata da dor, finalmente. Agora, sim, tenho um rosto. Dois em um, uma só coisa.

Caio, demoro um pouco para levantar, mas levanto. Tomo o máximo possível de distância que posso e corro, acelero meu passo, berro e largo meu corpo contra aquela porta, fazendo o *créque* da madeira sendo quebrada se fundir com o *créque* da minha clavícula. Demoro para abrir os olhos, mas quando abro, fico chocado. Ao meu redor, inúmeras crianças: menininhos negros com black power. Parecidíssimos comigo. Todos dentro de uma enorme banheira. O local tem paredes azuis, piso com pastilhas prateadas e uma música infantil, algo que lembra uma Xuxa, só que em chinês. Uma fumaça intensa predomina, lembrando uma sauna.

Parecia que um marinheiro estava dando um nó na minha clavícula. Dentro da enorme banheira, junto da criançada, está o loiro com traços orientais. Ele se levanta. Todas as crianças têm um olhar de medo, de abuso, de não entender que merda está passando com elas. Algo que experimentei a vida inteira: a sensação de eterna ignorância em relação ao espaço físico em que habitava. O homem se aproxima de mim e está nu. Na sua barriga enorme, é visível a tatuagem de um ouroboros.

O chinês grita algo indecifrável e aponta o dedo indicador para sua cabeça.

Pergunto: "André? É você, não é?".

Ele sorri.

É André. Tão parecido com ele.

Fecho meus punhos e sinto a soqueira inflamar. Dou um baita soco na fuça dele, a molecada grita, o gordão cai desacordado. Pego a adaga que está na minha bota e enfio no pescoço do cara que dá seu último urro antes de morrer. Dá trabalho cortar sua cabeça, mas me esforço, vou retalhando o pescoço até ter aquela cabeça branca, loira e gorda do chinês em mãos.

"Quem tá rindo agora, André?"

Estou morrendo.

As crianças ficam espantadas, me encarando, enquanto seguro a cabeça do cara que devia abusar delas dia e noite. Após alguns segundos de silêncio, elas saem da banheira correndo, desesperadas, rumo à liberdade. Invejo aquela molecada correndo, boquiaberta, bracinhos finalmente livres. Vou rastejando feito um moribundo até o corredor dos espelhos para ver os pequeninos pulando as escadas, gritando em inglês, português, japonês, alemão, holandês, e sei lá mais que língua.

Observo a cabeça do chinês na minha mão, seu cabelo enorme sendo apertado pela minha mão-de-soqueira. Como André ficou feio. Assustador de certa forma. A ideia de ser um herói me ajuda a chegar ao elevador. Entro nele. Sou um verme entre ruínas. Décimo quarto andar. Fico encostado, acabado. Décimo segundo andar. Décimo andar. Flashback da fama, do meu nome, do ringue. Busco força para sustentar meu joelho. Mas como? Nono andar. Vejo uma poça de sangue sob meus pés. Oitavo andar. O elevador para. A porta abre e, no corredor na minha frente, há uma televisão em cima de uma mesinha. Está passando minha infância. Eu com meu irmão brincando em Areia Vermelha ou na praia do Golfinho. Então corta a cena para uma espécie de bancada jornalística. Um cara de terno, careca, óculos fundo de garrafa e voz mansa diz: "Isso não é lindo? Depois do intervalo, vocês ficarão sabendo mais sobre a vida deste incrível herói brasileiro: o Porco Sucio". Depois corta para o meu irmão dando um depoimento, falando que eu nunca me encaixei em nenhum lugar na vida, mas que o ZOO FIGHTERS™ foi o lugar ideal para eu soltar minhas frustrações e me encontrar. E que ele tinha "muito orgulho de mim".

A porta do elevador se fecha. Sétimo andar. Não consigo pensar em nada. Sexto andar. O elevador para. A porta abre e uma chinesa nua está na minha frente. A porta se fecha. Quinto andar. O elevador para. A porta abre. Outra televisão. Agora eu vejo o Porco Sucio lutando, quebrando pra valer algum animal no ZOO FIGHTERS™. Corta para uma voz em off, uma voz que esquenta meu peito e me faz ganhar alguns segundos extras de vida. É Wênia. Enquanto a tevê me mostra pegando um cano de aço e o estourando na cara do oponente, ela diz: "Ele sempre foi meu verdadeiro amor. Pena que não veio atrás de mim. Não sei por que ele insistia em dizer que me amava. Amor é ação, é provar algo, sair da zona de conforto. Quando foi que ele fez isso? Infelizmente, partiu sem me responder. Sem me explicar o motivo de sair dizendo por aí que me amava. Ele nunca tomou uma atitude. Permaneceu na eterna inércia. Eu estava disposta a me mover.

Ele, não. Por conta disso que decidi criar nossa filha sozinha". Tento reagir ao final da frase dela, mas engasgo com meu sangue. O apresentador do programa limpa seus olhos e diz: "Comovente".

 O elevador fecha. Quarto andar. Estou de pé, soqueiras apertadas, pronto para um provável ataque. Eles querem me matar. Eles querem uma lenda, ok, então eles terão que provar que são capazes de me derrubar. Terceiro andar. Um chinês sorridente, de terno violeta, aparece. A parede do corredor em que ele se encontra é dourada. Ele caminha até entrar no elevador, sussurra "acorda" na minha orelha e sai do elevador, a porta se fecha. Bach orquestra a morte com vigor e disciplina. Meus olhos escancarados: agora estou mais morto que antes. Segundo andar. Tento ficar de pé. Não posso acabar assim. Primeiro andar. Aquele momento em que sua vida vai passando. Será que valeu a pena? Térreo. Salão de entrada. Cheguei. A porta se abre, fico na posição de verme para poder rastejar.

 Abro melhor os olhos e vejo milhões de luzes. Flashes e mais flashes queimando minhas retinas, fotógrafos e equipamentos de filmagem, ternos e vestidos formais, histeria, alegria e notícia exclusiva. A trilha sonora muda: Bach cede lugar para "Sinnerman", da Nina Simone. Sempre amei essa música e vivia a escutando com Wênia. O som aumenta. Em meio a essa bagunça, uns dez repórteres se aproximam com microfones. Acima deles, há gruas com câmeras enormes, diretores planejando enquadramentos ideais, jovens, adultos e velhos com bandeiras e cartolinas escritas *PORCO SUCIO, TE AMAMOS*. Vejo cartazes em inglês, alemão, italiano, espanhol, russo e em chinês também. O mundo está aqui, e eu continuo rastejando, enquanto os não-sei-quantos microfones vão sendo enfiados nos meus lábios.

"Como você se sente?"
"Viajou até aqui para matar um dos maiores traficantes de crianças do mundo, como você se sente?"
"Você se sente bem?"   "Nós te amamos."
"Porco Sucio, como é o seu verdadeiro nome?"
"Você é um herói, olha quantas pessoas vieram para te ver."

"Desde pequeno eu te curtia, bicho. Como você se sente?"
"Tu é dez. Só não gostei de você na terceira temporada."
"O melhor final ever."
"Isso sim é reality show."
"E essa cabeça na sua mão?"
"Ei, ei, ei, tu é um herói, mano."
"Seu sangue é tããão cool."
"E Wênia?"
"Seu irmão é foda!"
"Você gosta de Alok?"
"A América Latina é uma alucinação?"
"Existe racismo no Brasil?"

Uma jornalista se ajoelha e pergunta: "Agora que seu contrato acabou, quais são seus planos?". Que merda era essa. Isso é o fim? O céu? O inferno? O vácuo temporal onde todos os corpos dejetos vão parar depois do fim?

Eu respondi: "morrer".

"Gravou isso, Souza?", ela pergunta para o cinegrafista. "Foi lindo!"

Eu consigo ficar de pé. Preciso ver quem está me esperando neste maldito limbo. Tudo rosa dentro de rosa afogado em rosa. Em uma das paredes, o miolo do recepcionista ainda escorre. As portas do prédio estão abertas e uma multidão fincada do lado de fora berra meu nome. Por trás dessa loucura externa, da imprensa mundial, do público, próximo de um carro de polícia, eu vejo ela junto de duas crianças: Wênia.

"Ei", sussurro.

Os jornalistas barram minha passagem com seus equipamentos e perguntas. Mas ela está lá. Atrás dela, meu irmão com uma criança no colo. Seu filhinho. Tanto tempo. Olha só. Meu irmão coloca a mão no ombro de Wênia. Beija o rosto dela. O retrato da família ideal. Lá estão eles. Ele beija a boca dela. Beija de língua.

"Filho da puta!", digo ao vácuo. Uma das jornalistas pergunta se o cinegrafista gravou minha fala, ela diz que declarações polêmicas e ambíguas são bem-vindas. Estico a mão e Wênia finge que não me vê. Meu irmão também finge. Mas eles estão lá, encarando meu momento final, vendo tudo desmoronar. Mas eu tenho nome, eu sou alguém agora, gente. É sério. Minha mãe se aproxima deles, usando aquele vestido de pavão que ela tanto ama. Cabelo duro cheio de laquê e um cigarro preto nos lábios velhos. Mãe, eu tenho um nome, tenho acesso, apareço na televisão, sou VIP, sou um negro sabonete, finalmente, *finalmente* vou fazer vovó orgulhosa: não tenho mais aquele rosto, não; consigo reunir mais de cinco canais de televisão para cobrir minha morte. Eu sou o Porco Sucio. Sou melhor que o meu irmão. Sou aquele da televisão.

Ao lado da minha mãe vejo quatro pivetes chorando. Negros. Cabelos crespos. Lindinhos. Meus filhos também? Quem são eles nesses novos tempos? Acabou a farra. Sabe o que isso significa? Eles ficam chamando *painho, painho, painho*. Lílian não está por perto, pelo visto abandonou nossas crias. Sei que não foi proposital, minha querida. Tente sobreviver. E espero que Wênia ou minha mãe os adote. Até na minha morte, eu dou trabalho pros outros, tem coisa que não muda mesmo. Acho que meu irmão vai desenrolar isso pra mim, afinal, tá até pegando minha ex-mulher.

Próximo dessa família linda, estão o cafetão e a puta. Finalmente me encontraram. Eu os vejo através de um olho mágico. Ela está mascando um chiclete. Rindo, sussurrando: "Fodeu, boy". Meu corpo escorre de mim. Eles começam a caminhar. Mais fotos, mais perguntas. As luzes, os curiosos, o todo. "Como você tá se sentindo?" E consigo sentir um chute invisível nos peitos como se o cafetão estivesse arrombando a porta da minha casa, mas agora a porta é meu tórax. O chute explode o coração e meus olhos quase saem do lugar. Enquanto caio, ouço a puta gritar dentro da minha cabeça: "Vem, tenta me pegar, cê né homem, negão?". E lá vou eu, escorregando, aleatório, quebrando meus restos. As explosões midiáticas velam meu último sono, a dor se aquieta e fico tranquilo. Um jornalista questiona minha altura, projetos, fama, família, amor, pecados, lucros, ZOO FIGHTERS™, pós-morte, nome, sim, nome.

"Qual é o seu nome?", um cara com voz mansa pergunta e eu não penso em mais nada, só em continuar dormindo. Amanhã tudo vai se resolver. Então escuto "Cê né homem?" de novo. O olho mágico é estourado e sinto o cano de aço bater, bater, bater e bater...

Esses últimos anos foram tão cansativos, preciso descansar de verdade. Parece que não durmo há quatro séculos. Antes das sirenes, dos depoimentos, da faixa de interdição do pessoal da Homicídios ser colocada naquele mar cor-de-rosa oriental, e de sentir o saco preto cobrindo minha cabeça, respondo mentalmente para a puta que não sou homem, sou... porco?

...

"Oh, sinnerman, where you gonna run to?" A música dissipa vagarosamente. Não há saco preto dessa vez, nem olho mágico. Abro os olhos e estou no aeroporto: o voo para Hong Kong sairá às 11h da noite. Uma longa viagem, meu psicológico não está pronto para isso, mas, enfim, há anos que meu psicológico deixou de existir. Sou um dos primeiros a entrar no avião. Faltam alguns minutos para a decolagem quando um rapaz bonito de regata e jaqueta jeans, piercing na orelha, pede licença e senta do meu lado, na janela. Um olhar simpático e acolhedor. Ele diz que eu posso sair do assento do meio e me sentar no corredor, pois não haverá ninguém ali. Fico sem entender como ele sabe disso e continuo no mesmo canto.

O avião decola às onze em ponto. Durmo como uma pedra, mas acordo repentinamente por conta de um pesadelo do qual não me recordo bem. Não consigo mais dormir. Eu estou ansioso: eles querem me matar, com certeza. Aquele prego azul, aquela conversinha de saber da minha vida. Já era Porco Sucio, adeus glória.

O rapaz ao meu lado também não dorme, ele parece inquieto com alguma coisa. Ele lê um livro, busco a capa com o olhar e vejo que não tinha título. A única luz acesa no avião é a dele. Os outros passageiros aparentam estar dormindo. Um silêncio arrebatador nos cobre.

Procuro alguma aeromoça, mas nem isso encontro. Só nós dois. Fecho os olhos um pouco e o rapaz pergunta se a luz estava incomodando. Respondo que não. Ele sorri e diz que é a primeira vez dele em Hong Kong, está ansioso com a viagem e as possibilidades de turismo da cidade. Ele pergunta se estou indo a turismo também. Digo que sim e volto a fechar os olhos. Ele é simpático, mas tô sem saco pra conversar. Só consigo pensar no que enfrentarei em breve. Estou quase pegando no sono quando sinto o toque leve dele no meu ombro. O semblante festivo de antes cede lugar à seriedade. Ele sussurra quase inaudível que trabalha na organização. "Que organização?". Diz que faz parte do núcleo duro do negócio: os recrutadores. Fico sem saber do que o cara tá falando, ele diz: "zoo fighters™". O estranho diz que sente muito, que morava perto de mim e que nunca imaginou que eu me tornaria o que me tornei.

"Me tornei o quê?"

"O Porco Sucio."

O cara ri sem jeito e fala que é meu fã, que os filhos dele me amam e que viver sabendo que terei que passar por algo tão brutal o deixaria mal. De repente ele está lacrimejando. "É minha responsabilidade, sabe?", me diz.

Olho bem nos olhos dele e começo a regular a visão, uma arquitetura vertical toma meu semblante, vertigem física, "quantos anos se passaram?". Ele levanta os ombros sem saber e uma convulsão toma meus gestos. O rapaz alisa meu rosto cascudo, as feridas que devem residir ali, mil, dois mil, quatro mil, quantos cortes, hematomas e traumas?

"Desculpa, Porco, na época eu era uma criança e não entendia o motivo de mamãe levar tantos homens pra casa, de oferecer caronas para estranhos, ir pra lá e pra cá, conduzindo gente inocente pra esse negócio e muitas vezes até me usando como isca. Ela te recrutou e só quando eu assumi o lugar dela que entendi. Era um projeto piloto, entende? Não sabíamos que chegaria a tal ponto, tão longe, mas você me mostrou que é possível prevalecer nessa loucura, que é possível permanecer são no Açougue e até foder com eles! Você tirou sua máscara e pode ter certeza que isso foi um ato revolucionário! Eu tenho certeza que não sou o único a admirar você dentro da empresa, mas talvez seja o único corajoso o bastante para vir falar contigo."

Não consigo dizer mais nada para ele. Até queria perguntar se eu realmente tenho quatro filhos, se eles saíram de Lílian, se ela está bem, mas o rapaz está em um estado catatônico pior que o meu, ele fala sem piscar os olhos num fluxo natimorto, há emoção no seu rosto, não na sua voz.

"O que eles farão comigo em Hong Kong?"

Ele é direto: responde que minha vida já acabou, que, com certeza, há muitos deles ali no avião, espionando, e que a única opção deles pra mim é lutar até morrer em Hong Kong: me tornar exemplo na mídia, pária do público, o lutador popular que tirou a máscara, se revelando ao mundo, morrendo ao matar um pedófilo internacional e concorrente do ZOO FIGHTERS™, por ser dono de alguma empresa de luta clandestina movida a humanos. Um fim perfeito para eles: matam um concorrente criminoso, me matam e, ainda por cima, conseguem lucrar um pouco mais com minha história cheia de amônio e frustrações, mas o rapaz diz que pode impedir que eles consigam isso.

"Não quero deixar que eles usem você como exemplo, *você* deve usar eles de exemplo", ele diz, com um tom de voz orgulhoso, e coloca uma identidade no meu bolso, entre outros documentos. Puxo a identidade e me vejo: não me reconheço, mas o rosto que ali está lembra o do meu irmão.

"Esse é o meu irmão?"

Ele não responde. Fico pensativo, rola um curto-circuito nos fios desencapados do meu cérebro. O rapaz interrompe minha divagação mexendo na bolsa, todo desconfiado e olhando para os corredores do avião. Ele tira de lá uma chave com o número 104: me mostra o objeto e sorri.

"Ei, eu lembro disso. Cê foi meu vizinho no Rio de Janeiro?"

"Filho da sua vizinha. Lembra da carona?"

Epifania da queda, choque, claro que lembro daquele cheiro de merda de pivete com canela no carro, dos puxões no meu cabelo e petelecos. Como esse porrinha cresceu. E ainda disse ter filhos.

Meu Deus, quantos anos eu tenho?

"Desculpa", ele coloca a chave no meu bolso e volta a falar, "mas você tem um nome, uma identidade, e é isso que fará com que eles se fodam pra caralho."

Fico pensativo, olho pra janela ao lado dele e vejo meu rosto envelhecido, cabelos grandes e brancos, bigode, barba e barriga enorme, um messias caído, um pugilista nocauteado que passou da validade: a noite me engole, engole minha terceira idade, e me reconheço, depois de anos finalmente me reconheço. Que vida, penso, que vida!

Pergunto se só isso será o suficiente, ele responde que não sabe, mas que, com certeza, causará uma baita dor de cabeça neles.

"E agora?", pergunto.

Ele tenta falar da melhor maneira aquilo que já captei: ou morro aqui ou morro no que eles estão planejando pra mim na China.

Ele tira um prego vermelho do bolso.

"Só preciso colocar isso na sua nuca. Você vai dormir, você vai sonhar, você vai ter pesadelos, viver nesses pesadelos e, em um desses pesadelos, você vai morrer e nem vai perceber."

Pergunto se será indolor, porque o prego azul doeu pra caramba. Ele sorri sem jeito e diz que não vai doer.

"Só dói no pesadelo", ele coloca o dedo indicador no meu peito. "Aqui já não existirá mais."

Ele diz que respeita minha história e luta, que sou um exemplo, que ele sente muito por tudo. Dou até uma risadinha, dizendo que cheguei a desconfiar da mãe dele por um momento, na época, mas logo apaguei isso da cabeça.

"Minha mãe era uma idiota, mas eu pensava que ela era incrível. Tão autêntica e independente, caçando pessoas que ela chamava de *meliantes de merda* pelas ruas, rastreando celulares, invadindo casas, seduzindo mendigos para conseguir informações, oferecendo drogas e sexo, enfim, na minha cabeça pueril, fazendo com que pessoas subversivas e danosas para a sociedade fossem reabilitadas no ZOO FIGHTERS™. Obviamente que eu queria seguir os passos dela, e quando ela morreu, eu segui. Mas quando vi a proporção que esse negócio tomou, quando descobri que ninguém que eu recrutava estava sendo reabilitado de fato, pelo contrário, só aí percebi o mal que fizemos. Condenamos milhares de humanos ao Açougue, condenamos à loucura."

Ele fala que, quando o avião pousar, vai tirar o prego da minha nuca, se levantar furtivamente para ninguém da corporação o ver e dizer para uma aeromoça que o senhor que estava ao lado dele tá esquisito. A aeromoça vai ver meu corpo e o óbito, irá conferir meus documentos, minha foto aparecerá na mídia e será comparada com aquela do Porco Sucio sem máscara que passou na televisão. Todos vão ver quem eu sou, o irmão do senador, o professor doido. Por que ele foi preso nesse negócio? Ele era bandido? Eu sou bandido? Muitas perguntas, dúvidas e polêmicas, mas sou negro, digo isso para ele, sou negro. Não importa, ele diz. De acordo com o rapaz do piercing que tem um nome escroto, mas que não recordo bem, minha morte no avião vai quebrar as pernas da corporação.

"Eles só falaram de você nos últimos dias, Porco! Estressados, se remoendo. Um participante tirar a máscara na luta é a pior coisa que pode acontecer pra eles, acredite em mim."

Eu ainda acho que não vai dar em nada: os cinquenta advogados do ZOO FIGHTERS™ vão conseguir evitar que esse povo sequer precise tomar um analgésico.

O rapaz fica me encarando, aguardando uma resposta.

Estou sem saída, mas ainda posso fazer um movimento neste tabuleiro. Digo que estou pronto, mas que, antes, gostaria de saber quantas pessoas ele recrutou para a tal corporação. O rapaz gagueja e diz que não tem noção de quantos.

"Mil? Dois mil? Cinco mil?"

"Não tanto, Porco, sei lá. Uns cem."

"Você colocou cem pessoas no Açougue?"

Ele fica sem reação, fazendo uma expressão de dúvida.

"E sua mãe? Imagino que colocou bem mais, hein?"

Titubeando, ele responde: "É, bem mais".

Pergunto se ele teria outro prego vermelho.

"Por quê?", ele questiona.

"Porque eu só vou acreditar no seu arrependimento se você morrer comigo."

Ele fica sem jeito, ri um pouco, acha estranha a minha proposta, mas logo percebe que não estou brincando.

"Talvez esse esquema que você tá falando não exista, vocês podem ter planejado minha morte aqui neste avião mesmo. Talvez esse avião seja de vocês. Hong Kong. O mundo. Tudo está escrito, o roteiro dessa história é do ZOO FIGHTERS™. Não dá pra saber, não mesmo, mas eu sei de uma coisa: a sua morte eles não planejaram."

"Porco, estou pensando no melhor para você. Não seja irracional."

"Conheci muita gente boa nesse mundão, muita mesmo. Gente racional como você. Gente que dizia que estava do meu lado, que abraçaria minhas lutas, que me amava, que faria de tudo por mim, mas na hora do vamos ver nunca entraram na lama comigo. Não julgo essas pessoas, cada um sabe até onde pode ir, mas eu sempre me sujei e me queimei só, entende o que eu quero dizer ou preciso explicar melhor?"

"Entendo, mas eu tô arriscando minha vida ao te ajudar. Eu tô na lama contigo."

"Quem sabe você tá na lama comigo mesmo, hein? É, pode ser. Mas ó, presta atenção, eu não quero entregar meu corpo morto para eles usarem e abusarem dele, certo?", aliso minha barba branca. "Mas quero entregar o seu corpo morto."

"Você tá viajando na maionese."

"Levar um recrutador comigo, isso sim é passar uma mensagem."

"Senhor Porco, isso é um absurdo, deixa eu te explicar direitinho."

"Esse favor que você tá fazendo pra mim fala mais de você do que de mim."

"Olha..."

"Você quer me ajudar pra dormir bem, pra apagar as merdas que você e sua mãe fizeram. Não, não vão apagar e não vou perdoar. Não sou padre."

"Acho que você não entendeu..."

"Entendi, sim. Tanto que já pensei em algo que será bom pra nós dois. Afinal, o justo desse negócio é que nós dois saiamos ganhando."

"O que você tá pensando..."

"O seguinte, se você não morrer comigo agora, sabe o que vai acontecer? Assim que chegarmos em Hong Kong, vou te dedurar. Vou dizer que você me entregou chave, identidade, entre outros documentos pessoais, e quis trair o ZOO FIGHTERS™."

O homem está com os olhos arregalados.

"Pois é, talvez eu seja um subversivo danoso mesmo."

Eu digo que a vida dele acabou no momento em que ele propôs isso para mim. Eu digo que sei que há muitos deles ali no avião, e que a única opção dele é morrer comigo.

"Não quero deixar que eles usem você como exemplo, *você* deve usar eles de exemplo", digo.

"Eu só tenho um prego vermelho comigo, Porco, e não dá pra usar duas vezes."

"Não seja por isso."

Ele se assusta com o que eu digo. Apago a luz que está acima dele, fazendo com que este treco voador seja engolido pela escuridão e eventuais roncos.

"Dessa vez aqueles que dizem que estão comigo, estarão comigo."

"A minha morte não representa nada", ele volta a falar com a voz didática e empresarial. "Vingança, violência, agressividade, isso não nos levará a lugar nenhum. Por isso propus que você fosse *agora*, e não no que eles estão preparando para você. Entendo que sua vida foi difícil, nós assistimos ela através do prego azul, eu sei que muita gente não te ajudou da forma correta ou de forma honesta, mas eu morrer aqui vai adiantar de quê?"

Olho para os assentos ao nosso lado no corredor: apesar do breu, percebo que as três pessoas que estão ali dormem ou estão naquele estado entre a vigília e o sono profundo. Elas não olham para nós ou sequer percebem nossa existência, nem o monólogo cochichado do recrutador do ZOO FIGHTERS™.

"Eu só fazia receber ordens, sou um operário igual a você. Mas agora, só agora, percebi que o mundo é um lugar onde devemos ser gratos por existir e não devemos explorar as pessoas, principalmente os negros e os menos favorecidos."

As aeromoças não estão visíveis. É como se fôssemos os únicos ali dentro. Minha cabeça dói enquanto o recrutador fala. Me lembro dos discursos que me cercaram durante a vida.

"Afinal, Porco, somos todos iguais, e é por isso que estou com esse prego vermelho em mãos. Ele é uma oportunidade pra você dizer na cara desse povo: 'Chega, respeito é pra quem tem e eu não aguento mais, tô na reta final da minha vida e eu não vou dar meu corpo pra vocês lucrarem em cima', porque eles vão te matar de qualquer jeito, mas você, *só você* pode esfregar na cara deles quem é que manda..."

"Você tá certo, amigo."

"Como?"

Aplico uma esquerda no queixo do filho da vizinha do 104, lembro o número, a carona, lembro seu nome escroto, sinto meus dedos, cada um deles, estalarem como pipocas explodindo em um micro-ondas. Escuto o pescoço do cara saindo do lugar, a cabeça, tão parecida com a da mãe, vai para cima, para baixo, para cima, como um pêndulo, até que vai para baixo mais uma vez e ali fica. Antes que seus espasmos se tornem audíveis, junto minhas mãos em seu queixo bambo, e num rápido e potente movimento eu o viro, quebrando, fazendo com que ele deixe de fazer qualquer som. Os olhos claros e arregalados encaram eternamente a janelinha do avião.

O osso do queixo dele marca profundamente minha mão esquerda, enrugada.

Olho ao redor e os roncos continuam ecoando no voo. Pego o prego vermelho na mão dele e o enfio rapidamente na minha nuca, no mesmo buraco feito pelo prego azul. *Créque*, um estalo, eu começo a rodá-lo e a rir. Nocaute espiritual. Fecho os olhos e vejo um pesadelo que tive recentemente neste voo se repetir: aeroporto, ideograma, limousine vermelha, homem negro de cabelo alisado me entregando armas, mil chineses me atacando, brigo com eles como fera sem coleira, um velho parecido com André aparece rindo da minha cara e vejo sua cabeça impura em minhas mãos, vejo minha identidade e nome, família e amores, digo que sou porco, não homem, mas essas lembranças somem e não consigo recordar mais, quem eu sou mesmo? Um animal solitário em demasia comendo a si mesmo, enquanto esse avião sobe, sobe, sobe, sobe, rumo aos infernos.

O prego pesa e começo a sentir um cheiro de amônio.
Areia Vermelha, bons tempos.
Qual é a outra versão dessa história, mainha?
A faca está enferrujada e suja de sangue. Encharcada.
Lembranças da quimera e do soco.
"Seu nome é doce por essas áreas."

Nessa hora, lembro daquele ritual japonês do período feudal, seppuku ou cortar o ventre, em que os caras faziam um corte horizontal na zona do abdome, abaixo do umbigo, expondo as vísceras como forma de purificação do caráter. O seppuku visava reparar a honra do suicida. O ritual podia ser feito no campo de batalha, para evitar a captura pelo exército inimigo, ou de maneira mais cerimoniosa como forma de perdão por alguma conduta indevida.

Aqui, morro no campo de batalha, fazendo com que minha mente e corpo não sejam usados pelos inimigos e seus marqueteiros de planos esquivos nem por aqueles que pagam de salvadores da pátria com seus discursos redentores. As vísceras, neste contexto, é o pescoço quebrado de um dos funcionários deles, que levo comigo nessa desforra e o que se tornará do meu corpo.

Sim, daqui a pouco, quando me encontrarem morto em um banco estreito, não verão um corpo humano. Seja aqui dentro ou do lado de fora, através das janelas minúsculas deste ferro-velho de 560 mil quilos, eles me encontrarão na forma de um porco gigante de 750 quilos, como aquele que foi coroado o rei dos porcos em uma competição de peso em Zhengzhou, na China.

Os passageiros histéricos vomitarão sem parar por conta do odor de amônio que estará impregnado no ar claustrofóbico, e o comandante buscará uma solução para aquele chiqueiro alucinado em seu voo, mas não haverá. Chega de soluções, de jeitinhos, de arranjos, de tapinhas, de reuniões, de simpatia, de formalidade, de recomeços. O fim do mundo chegou, será lento, fedorento e será meu. Finalmente peguei as rédeas daquilo que nunca tive controle e, quebrando as previsões, decido andar na contramão de uma via expressa congestionada; afinal, até minha morte eles já haviam escrito.

Mainha previu uma morte para mim. O ZOO FIGHTERS™ previu outra, mas escapei de ambas. Escapei do que eles pretendiam fazer com a última página, meus vestígios. A minha vida foi uma rebelião contra mim mesmo e eles reinaram sobre ela, do início ao fim, com suas regras e imposições, mas não reinarão sobre minha tumba.

Jamais.

Ao menos, a minha morte será minha.

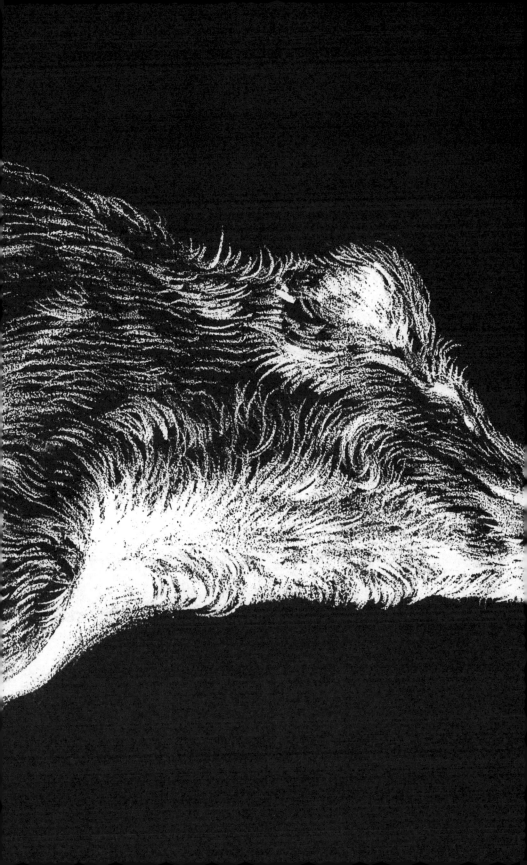

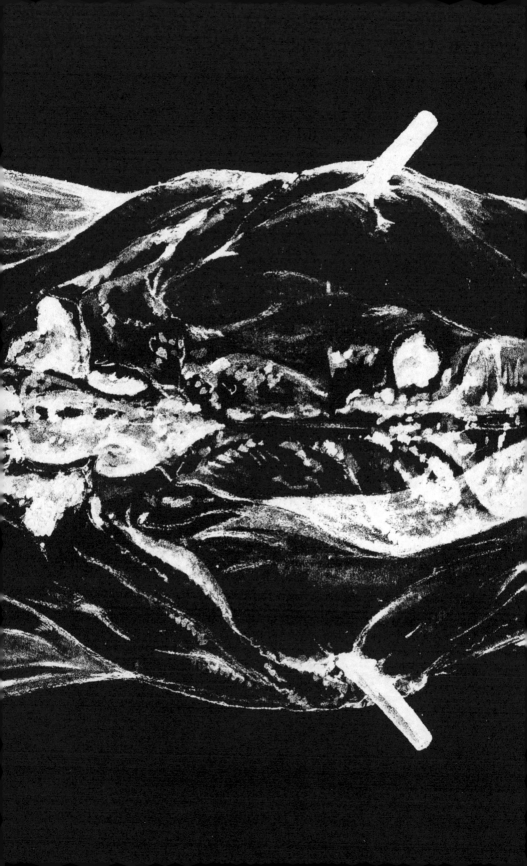

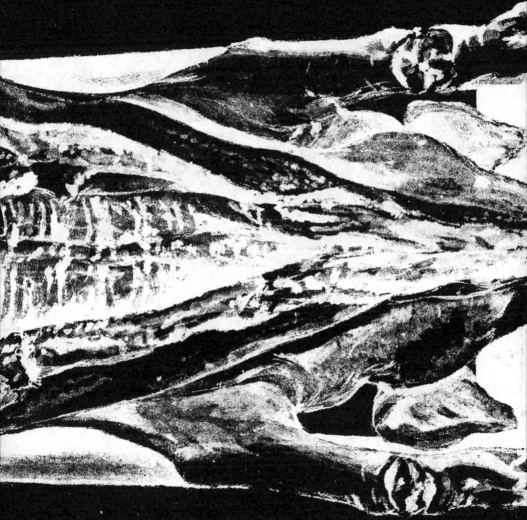

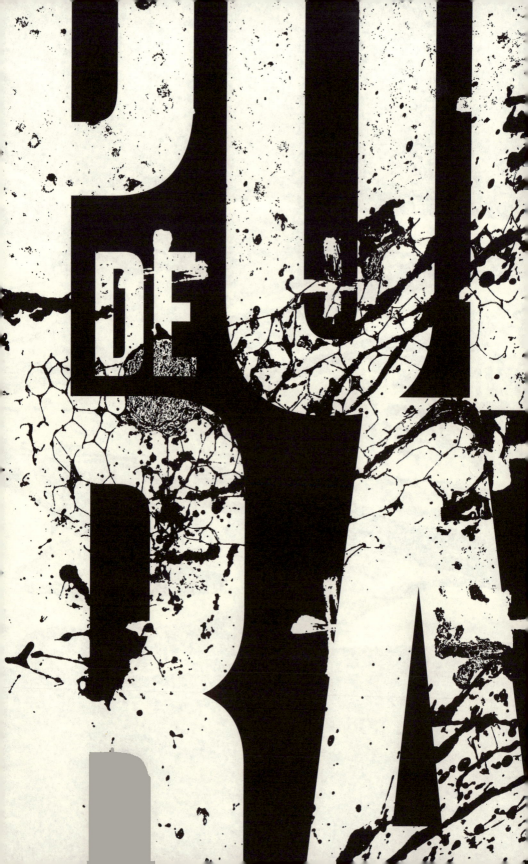

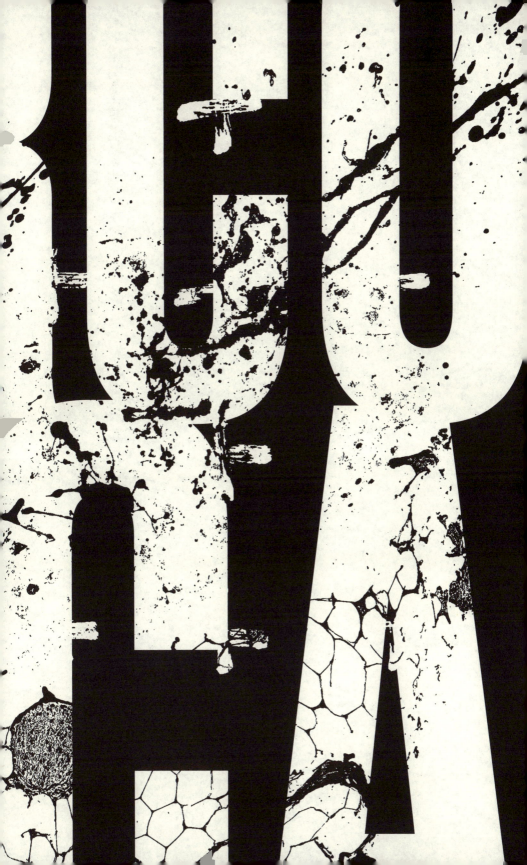

AGRADECIMENTOS

A literatura é uma atividade solitária, mas nem sempre.

Eu percebi que seria importante ressaltar quem esteve comigo nesta trajetória de escrita que durou anos e que foi finalizada com muita alegria no Prêmio Machado DarkSide.

Porco de Raça foi escrito em 2014 e de lá pra cá o romance passou por muitas modificações. Ele mudou de título e diminuiu, cresceu, diminuiu e, finalmente, terminou crescendo. Ganhou novos contornos, cores e socos. E eu não poderia deixar de agradecer a André Timm, André Luís, Marina Pizatto, Joedson, Sérgio Tavares, Ivandro Menezes, Wander Shirukaya, Rodolpho de Barros e Janeston Oliveira, que, cada um à sua maneira, me auxiliou na jornada de criação deste livro.

Ao meu mestrado em Escrita Criativa pela UNTREF (Universidad Nacional de Tres de Febrero), em Buenos Aires. Obrigado pelos conhecimentos adquiridos, amizades, leituras e puxadas de orelha.

A Raquel Moritz, Cesar Bravo, Christiano Menezes, Chico de Assis e toda a equipe da DarkSide Books pela forma respeitosa e profissional que lidaram com o meu trabalho. Os nossos livros são pedaços de nós e é gratificante ver pessoas queridas cuidando dos seus restos.

Ao Cruz e Souza, pela sua poesia e vida.

Aos meus pais, Amélia e Vanir, familiares, amigos e Marcinha Lima, minha companheira. Pessoas com quem compartilho momentos especiais e que me dão força para continuar neste ofício.

Muito obrigado a vocês também, leitores, e nos vemos nos próximos rounds.

BRUNO RIBEIRO (1989) é escritor, tradutor e roteirista. Nasceu em Pouso Alegre, Minas Gerais, e atualmente vive em Campina Grande, Paraíba. Autor de *Arranhando Paredes* (2014), traduzido para o espanhol pela editora argentina Outsider, *Febre de Enxofre* (2016), *Glitter* (2018), finalista da 1° edição do Prêmio Kindle e Menção Honrosa do 1° Prêmio Mix Literário, *Bartolomeu* (2019) e *Como Usar um Pesadelo* (2020). Mestre em Escrita Criativa pela Universidad Nacional de Tres de Febrero (UNTREF), em 2020 venceu o 1º Prêmio Todavia de Não Ficção com um livro reportagem, e o 1º Prêmio Machado DarkSide com o romance *Porco de Raça*. Foi também um dos vencedores do concurso Brasil em Prosa, promovido pelo jornal *O Globo* e pela Amazon, com o conto "A Arte de Morrer ou Marta Díptero Braquícero". Saiba mais em brunoribeiroblog.wordpress.com

WAGNER WILLIAN vive isolado em uma pequena choupana, saindo apenas para caçar mantimentos e narrativas. Inspirado pela obra sangrenta de Bruno Ribeiro, desenvolveu as ilustrações poderosas presentes em *Porco de Raça*. Premiado quadrinista, Wagner Willian é autor de *Silvestre* e *Lobisomem Sem Barba*, ambos vencedores do Prêmio Jabuti, e outras obras que encantaram os leitores no Brasil e no mundo. Saiba mais em wagnerwillian.com

Nosso Machado abre caminhos. Uma nova clareira para vozes afiadas, o lugar em que transformaremos sonhos em obras-primas, sementes em histórias. A arte é seiva do céu e das sombras. Novos nomes da literatura, dos quadrinhos e de todas as possibilidades artísticas que brotam das palavras surgem em um momento de transformação. Diante deste novo mundo devemos gritar, devemos criar, riscar antigos ideais e mudar o agora.

"Não era verdade, mas não é a verdade que vence, é a convicção."
— MACHADO DE ASSIS, *Esaú e Jacó* —

DARKSIDEBOOKS.COM

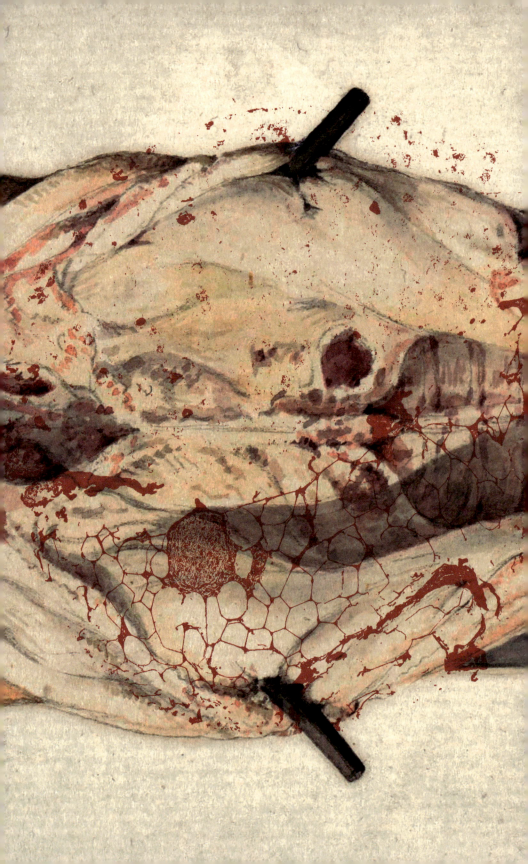